U0092767

# 作文輕鬆學

中山女高教師
段心儀　李淑雲
姚瓊儀　莊溎芬
編著

三民書局

# © 作文輕鬆學

編著者　段心儀　李淑雲　姚瓊儀　莊淮芬
責任編輯　王愛華
美術設計　蔡季吟

發行人　劉振強
著作財產權人　三民書局股份有限公司
發行所　三民書局股份有限公司
地址　臺北市復興北路386號
電話　(02)25006600
郵撥帳號　0009998-5
門市部　(復北店) 臺北市復興北路386號
(重南店) 臺北市重慶南路一段61號

出版日期　初版一刷　2006年9月
初版三刷　2008年6月
編號　S 833860
行政院新聞局登記證局版臺業字第〇二〇〇號

有著作權・不准侵害

ISBN　957-14-4621-1　(平裝)
http://www.sanmin.com.tw　三民網路書店

※本書如有缺頁、破損或裝訂錯誤，請寄回本公司更換。

# 序言

今年五月中，筆者與同事受教育部徵召支援國中基測作文批閱工作，批閱過程中甚受震撼，往年亦曾多次批閱高中聯考作文，皆不如今年憂心之甚。一來，往年所評閱對象為報考北區高中的學生，素質略為齊整；二來，在高中聯考時代，作文仍是國中國文教學的重要項目之一，所以在作文的錯別字及遣詞造句、謀篇立論等方面，雖然缺失屢見，卻不如今年閱卷所見舛誤來得嚴重。三級分以下作文，所呈現成語張冠李戴、標點符號錯置、文句嚴重缺乏邏輯、字詞使用謬誤等情況，簡直離譜到了匪夷所思之境，更遑論許多國中生作文內容中所透露出的人文教育缺乏、生活體驗不足、思想膚淺、想像力枯瘠、價值觀模糊等種種缺失，臺灣當前青少年語文能力低落、心靈貧瘠、人文教養缺乏的困境，著實令人憂慮。

幾位同事聊起閱卷心得，對當前學生寫作能力的嚴重低落，莫不憂心惶惑，遂興起念想，欲設計一套寫作教材，透過既定的教學程序，測試學生在短時間內提升作文能力的成效。倘這套教材及教學活動確實有效，或許在當前政策有限的國文教學時數之下，可以協助全國高中作為作文補救教學的材料，也可以作為當前國中學生作文學習的指引。《作文輕鬆學》的架構與編寫動機，於焉產生。

此份教材分為六大單元，而重點放在第二至第五單元，其教學目標分別設定為四方面能力的訓練：駕馭字詞語句的能力訓練、文章意象經營訓練、謀篇裁章訓練、文學美感與生命情境的陶冶訓練。以下分項簡述：

**一、文字魔法師** 透過各項趣味教學活動，訓練學生辨正錯別字、正確解讀文意、適切使用標點符號等能力。進而辨別文句中的語病及不合邏輯處，加以改正。更進階者，則是訓練能用字精準，遣詞合宜，造出有創意有深度句子的能力。

**二、尋找文學密碼** 此單元主要在培訓學生了解文章中的意象經營手法，並且透過各項教學活動讓學生練習具象描寫、感官摹寫、象徵、誇飾、引用等各項寫作技巧。

**三、文學化妝師** 此單元乃透過文章拆解、組裝及童話故事改寫等活動，使學生學習正確的寫作步驟及記敘文寫作的方式。學生能了解如何組織篇章，使文章架構嚴謹、層次分明，了解如何安排文章情境，呈現文學美感，自然便具備了謀篇裁章的能力。

**四、創作達人團** 所有寫作技巧都只外在工具，文章的靈魂在於深刻內涵，而深邃內涵來自於學識涵養，同學們必須廣讀勤覽，才能積學儲寶，厚積而發，揮灑真摯動人的美文。所以，此單元旨在引導學生浸淫文學情境之美，進而省思自我生命情態，建立自我生命價值觀，最後運用前述所學的掌握文字的技巧精準表達所思所感。

這份教材是否確實有效？今年暑期中由「中華語文教育促進協會」所主辦的「國中寫作能力提升」營隊活動，有一份統計資料可資驗證。該營對主辦單位就所參加學生未上課前的作文能力與參加課程之後的作文能力，透過統計數據前後比對，其結果顯示：六級分學生所占比例由3.9％提升到19.5％；三級分以下學生所占比例則由原來的27.8％降低到6.4％，整體學生的平均級分進步了0.75級分，成效相當顯著。而就筆者全程參與此次營隊活動的觀察所見，其教學成效主要來自三項原因：一、教材設計以活動為主，著重趣味性，足以啟發學生的興趣，提升課堂參與度。二、每堂課的作文練習，隨即在下一次課堂上提出檢討，同學們得以欣賞他人的優點，得以檢討自己的缺失，足以激發見賢思齊、有為者亦若是的奮發之心。三、教材編寫層次清晰，同學們可以清楚知道一篇成功的作文該具備的基本條件、進階條件及訓練這些寫作能力的方式。

既已驗證此套教材確實可以提升學生寫作能力，故三民書局編輯部提出出版建議時，筆者與同事們慨然應允，希望此份資料能提供有需要之人作為參考。然此份教材由構想、規劃到完成，纔僅月餘時光，匆促下筆，勢必多所疏失漏缺，祈請各方涵容斧正。

莊溎芬謹識

# 作文輕鬆學

## 目次

# 第一單元

# 作文初體驗

# 作文初測

這套課程的設計，是為了提升同學們的寫作能力。所以，在授課之前，先以「作文初測」檢視同學們的作文功力。讀者不妨也以此為題，寫一篇作文，並參考範例，檢視自己的作文程度！

**題目：我這個○○迷**

**說明：**有人說：「癡迷是談不上什麼理由的。」就像四年一度的世足賽，牽動無數球迷的心絃，人們為之陷入瘋狂、驚愕、痛苦、滿足、歡騰的複合情緒中，這是球迷對足球的痴狂。許多人都擁有某項深厚的嗜好或興趣，或是痴迷執著於某種事物：有人迷戀好山好水，所以遠離都市、遁隱鄉間；有人喜歡 Hello Kitty，處處收集與之相關的物品；有人酷好電影，歐、美、亞、非、商業、藝術、各地域、各類型的電影，皆能侃侃而談，如數家珍；有人酷愛逛街「血拼」、有人愛書成痴……，你呢？你有什麼深厚興趣、嗜好？或是你曾經為什麼事物痴迷過？如何迷上它的？曾經為它做出什麼瘋狂事？從中獲得怎樣的心靈滿足？或是因它而遭受何種損失？請以「我這個○○迷」為題（如「我這個書迷」、「我這個籃球迷」……），敘述你迷戀此事物的經過、情況與得失。篇幅在400字以上。

**注意：**
1. 請以黑筆或藍色筆書寫，勿以鉛筆書寫。
2. 依所要求的形式，自行訂題，作文紙上必須標示題目。
3. 請務必在作文稿紙上書寫你的姓名。

題目：

班別：

姓名：

# 作文評分標準介紹

## 國民中學學生寫作測驗評分規準一覽表

| 級分 | 評分規準 |
| --- | --- |
| 六級分 | 六級分之文章十分優秀，此種文章明顯具有下列特點：<br>• 立意取材：能依據題目及主旨選取適當之材料，並能進一步闡述說明，以凸顯文章之主旨。<br>• 結構組織：文章結構完整，段落分明，內容前後連貫，並能運用適當之連接詞聯貫全文。<br>• 遣詞造句：能精確使用語詞，並有效運用各種句型，使文句流暢。<br>• 錯別字、格式及標點符號：幾乎沒有錯別字及格式、標點符號運用上之錯誤。 |
| 五級分 | 五級分之文章在一般水準之上，此種文章明顯具有下列特點：<br>• 立意取材：能依據題目及主旨選取相關材料，並能闡述說明主旨。<br>• 結構組織：文章結構大致完整，但偶有轉折不流暢之處。<br>• 遣詞造句：能正確使用語詞，並運用各種句型，使文句通順。<br>• 錯別字、格式及標點符號：少有錯別字及格式、標點符號運用上之錯誤，不影響文意表達。 |
| 四級分 | 四級分之文章已達一般水準，此種文章明顯具有下列特點：<br>• 立意取材：能依據題目及主旨選取材料，但不能有效地闡述說明主旨。<br>• 結構組織：文章結構稍嫌鬆散，或偶有不連貫、轉折不清之處。<br>• 遣詞造句：能正確使用語詞，文意表達尚稱清楚，但有時會出現冗詞贅句，句型較無變化。<br>• 錯別字、格式及標點符號：有一些錯別字及格式、標點符號運用上之錯誤，但不至於造成理解上太大困難。 |

| 級分 | 說明 |
|---|---|
| 三級分 | 三級分之文章是不充分的，此種文章明顯具有下列缺點：<br>・立意取材：嘗試依據題目及主旨選取材料，但選取之材料不夠適切或發展不夠充分。<br>・結構組織：文章結構鬆散，且前後不連貫。<br>・遣詞造句：用字遣詞不夠精確，或出現錯誤，或冗詞贅句過多。<br>・錯別字、格式及標點符號：有一些錯別字及格式、標點符號運用上之錯誤，以致於造成理解上之困難。 |
| 二級分 | 二級分之文章在各方面表現都不夠好，在表達上呈現嚴重問題，除了有三級分文章之缺點，並有下列缺點：<br>・立意取材：雖嘗試依據題目及主旨選取材料，但所選取之材料不足或未能加以發展。<br>・結構組織：結構本身不連貫，或僅有單一段落，但可區分出結構。<br>・遣詞造句：用字、遣詞、構句常有錯誤。<br>・錯別字、格式及標點符號：不太能掌握格式，不太會使用標點符號，且錯別字頗多。 |
| 一級分 | 一級分之文章顯現出嚴重缺點，雖提及文章主題，但無法選擇相關題材、組織內容，並且不能於文法、字詞及標點符號之使用上有基本之表現。此種文章具有下列缺點：<br>・立意取材：僅解釋提示，或雖提及文章主題，但無法選取相關材料加以發展。<br>・結構組織：沒有明顯之文章結構，或僅有單一段落，且不能辨認出結構。<br>・遣詞造句：用字遣詞有很多錯誤或甚至完全不恰當，且文句支離破碎。<br>・錯別字、格式及標點符號：完全不能掌握格式，不會運用標點符號，且錯別字極多。 |
| 〇級分 | 離題、重抄題目或缺考。 |

## 各級範文示例

說明：楷體為教師評語，明體為學生範文。

### 【2級分】

題目：我這個棒球迷　班別：　姓名：陳羿維

在小三以前，我還不懂什麼是棒球，但到了小四時我經常看到哥哥和爸爸在看世界的棒球賽，漸漸我也迷上了棒球了。

當我迷上了棒球，我就查了許多有關棒球的知識，像是許多奇怪的歷史人物、記錄，或是一些基本的球種等等，也買了許多有關棒球的書籍和遊戲。

平常在家除了看美國職棒或臺灣職棒之外，我還會跟爸爸玩棒球，但只是玩投捕而已，

要具體寫出人物、事跡。

你熱愛棒球的行為，必須再舉例說明!!

要把握時間！

有一次我和我爸在玩投捕時，（不小心投不到，球跑進了廁所裡把馬桶的水管給打斷了，）使得整間廁所都是水。（此外，我）常常在投捕時，我都會被球打到頭~~等等地方吧~~！但我還是樂在其中，天天都在玩。

文句欠通順！

~~有一次我去參加~~ → 作文未完成！

總評：一、作文未完成，甚可惜！

二、文句甚不通順，當留心經營，使文句通順！每當完成一篇作文，你應默唸數遍，多的字詞，必須刪去！不通的地方，自己應多思考修飾或換角度描寫！

## 【2級分】

題目：我這個遊戲迷　班別：　姓名：賴韋伽

我，非常的愛玩遊戲，常常一玩就是幾個鐘頭。

我常玩一些由自己操作的電玩，一但迷上了哪一種遊戲，就會很想玩這個遊戲，直到不想玩為止，但如果一直不能玩的話，就會覺得像被別人拿走自己的珍寶。有時，會為了拿到一些很強的物品，就會花錢玩遊戲，有時花錢如流水。

當我正在玩遊戲時，心情好的時候，戰績就會比較好；心情不好則反之。不然就只能清晨起來玩，或向爸媽提出要求。

（批改：「一但」改「旦」；「我常玩一些由自己操作的電玩，一但迷上了哪一種遊戲，就會很想玩這個遊戲，直到不想玩為止，」改為「一旦迷上遊戲」）

文句太過口語，可以再重新改寫！！

很強的物品？指的是什麼呢？

文句上下不承接，「不然」與上文不銜接呀！

有些人玩這些遊戲時，得到的好處只有注意力比較好而已。壞處則是比較多，有近視，有時也會不吃飯，玩通宵，不然就像電視新聞報過的玩到死掉。（我則是沒有好處，壞處就是會近視、花錢和上課不專心而已。）我不會和那些人一樣，（玩到遊戲完全捉住你，讓你無法離開遊戲世界。）

> 沒有好處，壞處就是、、、而已!!都3項了，怎麼還只是「而已」？

> 玩到無法自拔!!

我非常喜歡玩遊戲，但我常常不會克制自己，所以我都是在靠我媽在克制自己的。

總評：一、作文未完成！

二、文句欠通順，「文字魔法師」的字句鍛鍊部分，要多練習！

# 【3級分】

首段清楚明白，相當不錯！

題目：我這個棒球迷　班別：　姓名：陳昱廷

　　棒球，是使我最瘋狂的運動。雖然都上了國中，週末有空，我一定會去玩一玩棒球的。

　　大概在我四年級的時候，有一天，爸爸在看某種球類運動，我問了他一大堆問，爸爸就一一回答了我，從此，我就迷上了棒球。五年級，進入了學校棒球隊。剛開始，我與憤的像一位得到了樂透彩的人，暑假狂練棒球，但是，過了一個月，我意志力開始動搖，想著，我到底是要離開還是留下，要留下還是離開，終於，惡魔打敗了天使，我離開了棒球隊一個月，每天都在家裡。現在想起來，還滿無聊的。

後來使我對棒球的心重新開始燃燒的是我們〔的〕教練，說到這個教練，真是令我又愛又恨，他教了我一堆東西〔許多棒球技巧〕，也帶我們去特訓、比賽。但他其它是〔的魔鬼訓練〕真令人討厭〔感到害怕厭惡〕。六年級時，我開始當隊長，我不太像五年級那樣，像是教練的好學生，所以教練好幾次都把我從隊長換了下來〔取消了我的隊長職務〕，但我終就〔究〕當完了〔成〕小學的棒球隊隊長〔的工作〕。

（我在〔棒球〕場上幾乎每個地方〔守備位置〕都守過〔曾經擔任過〕），從五年級的外野手、內野手，到六年級的投手，兼捕手。不過，（大部份我都是在擔任隊上主力投手。）

現在，要升國二了，功課不像小學那麼少了。但是，我對棒球的那一份熱情還沒消失〔絲毫沒有消退，反而是與日俱增……〕

口語化。

口語化。

這個職務十分特別，不妨說一說。

總評：一、口語化的句子十分嚴重，不妨再強化文句與語句的辨別。
二、文句的流暢，也要再強化。
三、取材棒球，貼近生活，很好發揮。

## 【3級分】

題目：我這個書迷　　班別：　　姓名：風箏

讀書能使人獲得知識，讀好書更能陶冶一個人的性情。

眾書中我最喜歡讀小說，因為它能使人跳開現實進入一個可以無限想像的空間，與小說中的主角一同到世界各地去冒險，見識各種風土民情，不管是上山、下海，甚至翱翔於空中，都不再是難事了。

「朋友就像一本本好書」，當自己擁有許多朋友時，我們就可以從中比較，「見賢思齊，見不賢而內自省」選擇好的朋友，並學習他令你欣賞的地方，拒絕壞朋友，從他們身上記取

首段佳。

前二段陳述佳。

布局十分零亂，宜扣緊書，而不是朋友，否則會給人離題之感。

教訓，不再犯〔與書中人物〕相同的錯誤。

〔此段亦離題。〕

「落花水面皆文章」人生就像一本厚厚的無字書，只有細心的去體會學習才能從中體會到「萬物靜觀皆自得」的道理。

〔這一段必須說明，否則，仍有離題之嫌，尤其原文最後一句，即是不當。〕

我愛讀書，讀書使我獲得知識，也在無形中提升了我的性情，如今的我不再是那好痛〔動〕的毛頭小子了，現在的我已漸漸的〔藉由書〕學會控制自己的情緒，不再被班上同學那些無聊的話給激怒了。〔所以書帶給我的好處，真是無窮無盡。〕

總評：

一、強化文章的結構與布局，才會使文章前後能呼應，不致離題！

二、書迷這個題材相當容易發揮，可將自己閱讀著迷的經驗再去描寫刻畫，會更理想。

【4級分】

題目：我這個書迷

班別：

姓名：鄧惠中

書，是生活中不可缺少的。如果你是一位學生，書一定是一天當中與你相處最久的，因為書可使一個人的內心更充實、可使一個人充滿知識，好來為自己的未來打基礎。還記得在小學的時候，國文老師為了使大家愛閱讀、也愛表達自己的想法，而舉辦了一個有趣的活動——讀書會，在課程中，老師將故事念出來，而同學們試著說出自己對故事的看法與感想，漸漸的，我們班的讀書風氣開始盛行，我也漸漸愛上了閱讀，不管是看小說、看童話書還是閱讀報章雜誌，皆是我在空

語句不完整。

熱

朋友

擁有滿腹學問

三年級上學期

閒時間愛做的事，我也很感謝老師舉辦這次的讀書會，使我成為了一個書迷。

反之，有很多人不喜歡看書，感覺只要看書就會想睡覺，而整天泡在網路的世界裡，難道他們不會感到生活空虛嗎？這時我很想告訴他們，「開卷有益」，如果你想要成為一位有知識的學者，你必定要讀書，因為只有它才能使你更有內涵。

書是我的最愛，書永遠是我最好的良伴。

總評：書的吸引力是什麼呢？是可以提供豐富的想像力或是其他呢？宜深入將自己的想法說一說。

## 【4級分】

題目：我這個小說迷　班別：　姓名：嵐

不知從何時，我開始迷戀小說。一開始，我（只）買了幾本小說來看看，但在看完的時候，我覺得他們可以寫出這麼（好看的）文章，那我一定也行。於是我學習寫愛情小說，在書裡尋（遍）~~找作們~~（豐富）寫作（的）技巧，從那個時候，我（就）無可救藥的愛上小說了！

剛開始總會遇到挫折，我寫出第一篇故事時，（馬上）拿給好友看，沒想到一位男生看完後，竟然說『看不懂』，我很傷心。後來我放棄寫小說，而從別人的小說中體會寫作的~~感覺~~（興奮與動力）。但是之後我表妹開始寫作，她和我一樣熱愛小說，

傷心的感覺不妨修飾一下！

但她並沒有因失敗而放棄，反而更加努力去學習。我就是因為沒有毅力，所以才失去寫作的快感〔動力〕。於是我又重新嘗試，一方面是因為表妹〔的毅力打動了我〕，另一方面則是因為我還沒放棄寫作。

我成了網路、書店的常客，發現不只書店的小說棒，網路上的文章更是不得了！但因為每天掛在網路上，使得我眼睛度數加深了！雖然減少用眼次數，但我熱愛小說〔的〕程度依然不變！

最近，我把文章打到網路上，自己雖然沒信心，但是很想讓別人看看我的進步。之後我收到留言，有一位網友說我寫的〔得〕很不錯喔！我很開心也感到很欣慰，畢竟是經過很長的一段時間。有了他人的肯定，我要對自己有信心，雖然不知還要多久，但我希望能在小說界「寫」出自己的一片天！

總評：一、自己情感的鋪陳、說明十分詳細，相當不錯。
二、瘋迷的情緒，可以利用譬喻法、誇飾法來強化即可。

## 【5級分】

題目：我這個小說迷　班別：　姓名：李晶霓

　　人生就如同一部部小說，小說就如同一個生命，小說，開啟了我們生活的情趣，為生命注入了許多色彩。

　　所有的書中，我最酷愛小說，常常一看就是一整個下午，我放任自己沉溺在另一個世界之中，彷彿我是一個時空旅行者，窺視著過去到未來，因此我也常發現生活中竟也有許多事物是與小說中的情境相吻合的。

　　我從小五開始，就是一個小說迷，當同學們迷上歌手、名星、藝人時，我卻迷上孤星淚、鐘樓怪人、孤雛淚，同學們下課時，互相聊以這樣的手法描繪沉溺書中的情境，十分特別。

這個譬喻用得好！

天、玩耍，而我卻拿著小說，獨自一人，坐著時光機，去到柯賽特身旁和她一起哭泣，去到廣場上，看著鐘樓怪人敲鐘，直到上課鐘聲再度把我拉回教室，我才依依不捨地告別那具有如巧克力一般吸引力的世界。

其實對一種好的東西痴迷，並沒有什麼不好，就像張潮說的：「凡事不宜刻，若讀書則不可不刻；凡事不宜貪，若買書則不可不貪，凡事不宜痴，若行善則不可不痴。」對好的東西沉迷，可以陶冶性靈，充實生命。

我還記得，我曾因為上課偷看小說，而差書點被老師撕掉，也常因為看了太久而被媽媽罵，還有一次，因為迷上了一套小說，因此數學課都在看，那一次，我的數學段考考壞了，從此，我再也不敢上課偷看小說了。

每年的寒暑假，不論我有多忙，我都要抽個幾天，好好地去圖書館「採購」一翻番，寒暑假也因而更有趣了，即使爸媽沒帶我出去玩，我也可以在書中旅行。

小說，我的最愛。

總評：看得出你的閱讀相當豐富，行文段落分配也能得宜，但書寫仍須再求工整，用字宜更小心。

## 【5級分】

題目：我是個Hello Kitty迷　班別：　姓名：陳宥璇

　　白白的臉蛋，大大的眼睛，再加上一對長鬍鬚，這可愛的面貌人人看了一定都喜愛，它就是我最愛的Hello Kitty。

　　從小，我就對它有著一份特別的感覺，我的書包、鉛筆盒、毛巾……等日常生活用品，一定少不了它，還有，我的英文名字也叫「Kitty」，雖然都這麼大了，每次上英文課點名，總會被同學嘲笑，但我仍捨不得改名，我覺得「Kitty」這個名字是最好的。

　　去年三月，7–11推出買七十七元，就送Hello Kitty磁鐵一枚的活動，我為了能在短時間內收集完全套，不惜犧牲自己的選則（擇），每天早餐、午餐、晚餐，一定到那裡報到，可是光這樣仍不夠，我還天天找朋友、同學、師長交換，為了能早日收集完畢，我甚至做了一次違背良心的事情。有一天，有一位同學要和我借作業去複製，我原本是個很愛同學，絕對不會害人失去練習機會的好人，可是他突然對我說，你只要將功課借我，我就送你這個，我一看，哇！是我一直都拿不到的磁鐵，這時我想也不想，就把作業借他，拿著磁鐵歡喜的走了。放學回家，我馬上和全家人報告這個好消息，不過沒有多久，我就後悔了，我想，我這個人真沒用，這麼輕意易就被小東西誘惑，還害了同學，真是悔不當初啊！

每個人都會為了某種事物而癡迷，這是很正常的，不過在追求時，必須仔細思考，千萬別太瘋狂，這樣除了能滿足自己的需求，也不會做出後悔的事，達到兩全齊其美的境界。

總評：文字淺白，敘述一派純真。

第三段略長，分為二段較適當。

**【6級分】**

題目：我這個書店迷　班別：　姓名：閒雲

盛夏，炙熱的豔陽烘烤著乾裂的大地，我卻悠哉地在書店裡頭徜徉，一點兒也不知「人間疾苦」。

懵懂的垂髫之年，我是個調皮搗蛋、鬼靈精一般教爹娘傷透腦筋，卻又莫可奈何的小孩兒。成天玩耍嬉戲，靜不下來一時半刻，直到浩瀚書海的無窮魅力深深吸引了我。

那是個一輪紅日高掛在天際的炎熱日子，我在爸媽的半哄半騙之下緩緩步入書店，緊接著，那琳琅滿目、應有盡有的書本們教我怎麼也移不開視線！滿腹的好奇驅使我伸手向前，自架上取下生平所見第一本書——第一本像是有魔力一般征服頑童的書。

說也奇怪，一模一樣的書啊，擺在書店裡就是稀世珍寶；擱在家中身價卻一落千丈。難到（道）書店有什麼魔法嗎？是的！那是一股濃厚而強烈的力量，牢牢的似繂一般拴住我的心，令我瘋狂地、沒來由地愛上了這無邊、無際、無窮、無垠的書香世界。

也許你覺得「每個週末都遨遊於書店，書在店裡最有吸引力」這種堅持挺奇怪，但有人說過：「癡迷是談不上什麼理由的。」盡心著迷，盡情享受，有何不可呢？我窩在書堆裡，看著書寶寶們，滿足地笑了。

總評：筆力不弱，運用文學性語言。自然且饒富真趣。

## 【6級分】

題目：我這個小說迷

班別：

姓名：林哲亘

　　我是一個無藥可救的小說迷。

　　小說，可以讓我的想像力飛翔。我常常閱讀各種小說，使我的思緒奔馳在另一個奇異世界，想像自己就是那武功蓋世的女俠，替人主持正義。

　　令我無法抵擋的小說毒，毒液中散發一股神奇的魔力，迷惑著我〈的心〉，讓我踏入異想天地。武當掌門的太極拳法、少林高僧的如來神掌、丐幫幫主的打狗棒法……，天啊！這麼多精彩的武功招式，使我眼花撩亂，也不禁〈使我〉走火入魔，瘋狂的跟著〈俠客們一起〉「練功」！

這個比喻十分有趣。

我可是拭目以待囉！

可惜的是，武功高強的「媽媽」，知道我迷小說，就馬上使出「金鐘罩」，將書櫃鎖起來，可憐的小說，就被送去二手書店了！不過，聰明的我，偷偷跑去圖書館「練功」，以為可以瞞天過海，還是被逮個正著，開始我的禁書日子！對（這種處罰）我來說，真是一個「酷刑」啊！

我真的很愛看小說，就算已經沒機會閱（讀），但是，將小說視為生命的我，（早就）下定決心，要自己寫出有水準的小說，把小說中的魔力，繼續散播，讓每一個人都沉浸在這美妙的想像空間中，感受到閱讀小說的樂趣。

我真是一個無藥可救的小說迷。

總評：走筆靈巧有趣，層次井然、語言明淨。

# 基測作文觀察站

國中基測寫作測驗閱卷完成後，根據教育部的資料，這次得到四級分者占一半，五級分者有二成，較國中基測推動工作委員去年試測的結果好，基測委員會指出，這跟題目有關。

這次題目「體諒別人的辛勞」很簡單，主要是希望給學生信心，只要寫到體諒、感謝，文筆又不差，就有四級分。因此一般只能拿到三級分的考生，很容易拿到四級分，使得四、五級分的考生變多。

雖然如此還就考生，但在今年三十一萬多名考生中，仍有近二成六，約八萬人在○到三級分間，加上缺考的六千多人，有八萬六千多人升高中職後要補救教學。

因此基測作文結果一出爐，哀鴻遍野。除了家長與學生擔憂「寫作能力」低落而致失去升學競爭力之外，許多國文老師們也慨嘆不已。

基測作文呈現出來的問題，除了無法準確使用標點符號、錯別字奇多，病句層出不窮，謀篇能力不足之外，取材上，內容貧乏；情思上，難有發揮，也是有待提升之處。

我們一一說明如下：

**一、錯別字奇多，已到了匪夷所思之境，其構詞缺誤，就像是手寫版的微軟注音法，所形成的語詞多是牛頭不對馬嘴的同音錯別字！例如：**

＊「憾」動人心／喜「急」而泣／「負」出「心」勞／「隔」外「真」惜／戶外「交」學／無時無「克」／持「序」半天／不辭「心」勞／「漠漠」「附」出／「結」奏「清」柔／感謝「涵」／義不「融」辭／無怨無「回」／不厭「起」煩／自「實」其力／天「遙」地動／多采多「資」

＊「判匿」、喜「觀」、「乎」略、「由」其、「被」後、「必」竟、煩「腦」、「勵」害、「盡」然、動「做」、和「階」、覺「的」、「智」向、「乎」視、「重」暑、「之」持、「因」該、零「鍵」、「鎖」事、計「叫」、清「處」、然「候」……

＊「生」出「圓」手、「之」道「趕嗯」

**二、文句不通順者甚繁，或是有頭無尾、或是闕字漏詞、或是冗言贅字、或是成語誤用、或是標點符號闕漏……，闕誤百出。例如：**

＊最對我而也會服務我的就是好友了，因為她們的幫助才能讓我從無助的時候拉我一把。（闕漏字詞、文句不通）

＊如果老師勸罵妳，應虛心接受，不要以德報怨。（成語誤用）

＊媽媽平常的默默付出有多麼令人心勞。（錯別字、詞語誤用）

＊我該如何體諒別人有個寬宏大量的心胸？在事時為他人找想，也在別人需要幫助時，事時給予幫忙和關心。（標點闕漏、誤用，錯別字）

＊如果他們為我們所付出的事不合妳的意的話，那我們還是要給予感謝，畢竟他為我們付出過。（文辭冗贅、人稱錯置）

**三、文章缺乏脈絡，敘述缺乏邏輯。例如：**

＊作文不要寫太長，不然看作文的老師很累；不能太錯字，不然墨水很貴，印成績單要很多字；考試不能太久，監考站太久，原子筆也很貴。（離題、不知所云）

＊或許你曾拔刀相助或接受別人的幫助，因此為妳付出、為妳服務的人太多太多。（句意不合邏輯）

**四、選材大多雷同，級分高低取決於描寫能力的強弱：**

今年的主題「體諒別人的辛勞」雖然容易發揮，卻有七、八成的考生都把對象集中在父母親，而後祖父母、兄姐等。少數考生擴及親人以外時，描述又以清道夫為主，間或點綴一些義工媽媽等。這種題材過分聚焦的情形，顯示孩子們生活經驗不足，對生活周遭也缺乏敏銳的觀察力。於是描寫技巧好壞差很多。同樣描寫「導護媽媽」，有考生寫「下雨天她們穿著鮮黃的雨衣高舉旗幟指揮，任憑大雨打在臉上……」比較細膩，級分就高一點。如果是「他們每天辛苦的保護我們的安全」，沒有具體描述、感情等，級分就低。

## 五、題旨掌握能力不足，容易偏頗或離題：

這次作文主題的重點是「體諒」，其次是「辛勞」，但大部分考生都沒寫到「體諒」，一味著重描寫辛苦。因評分放寬，只要提到「付出」、「感謝」都算切題。然而，還是有些學生不知所云，寫半天就是沒提到體諒，有學生通篇講「我的好友」、「友情的重要」，完全離題。還有學生很無厘頭、隨便寫：「最辛勞的是我，我竟然在這邊寫這麼無聊的題目。完了，謝謝。」

## 六、價值觀的模糊：

作文題目中提示「在自己的生活周遭，如親長、朋友、社會大眾等，有哪些人為己付出、服務？自己應該用什麼心態回報他們？如果他們的付出不能盡如己意時，自己又該如何？」以協助考生鋪陳「體諒」的脈絡。沒想到「服務」二字竟然被許多考生濫用到不知所云，匪夷所思。許多考生有類似寫法：「爸媽服務不一定好，有時太過了，但體諒他們的辛苦，我們不必大聲責罵，只要爸媽知道改過就可以了」。不禁令閱卷老師深思，是否因為「當我大聲責罵，他們只是靜靜聽著，事後我後悔了，想表示一下，他們卻說：沒關係，好好讀書就好！」所導致的價值觀偏差？

有些學生像個小金主：「同學常常幫我的服務很多，有的替我拿東西，下課幫我去福利社買吃的、喝的，幫我背書包、抄功課。我從來沒有幫別人，但每次買了吃的我都請他們吃，這就是互相了」。

有些作文也反映了家庭問題，像是：「有問題我一直都是找朋友解決，沒有辦法和家人談，一談就把我氣的要死」、「家裡面都沒有人，媽媽死了以後，爸爸兩三個月才回來一次，給了錢又走了……我想他還是愛我的」。

有些考生乾脆罵題，像是：「體諒別人的辛勞？為什麼沒人體諒我辛勞嗎？」、「怎麼體諒？要不要我撒一泡尿給他？」

綜上所述，學生究竟是表達能力的極度欠缺，還是實際的生活模式造成價值觀模糊，值得深思。

基測作文中也不乏文情並茂的佳作，雖然百中難得其一，但出現時總令人眼睛一亮，對作文教學的前景又充滿了希望。讓我們一起來努力，讓明年基測時，佳作出現的頻率，由目前的鳳毛麟角，而珠玉紛陳。

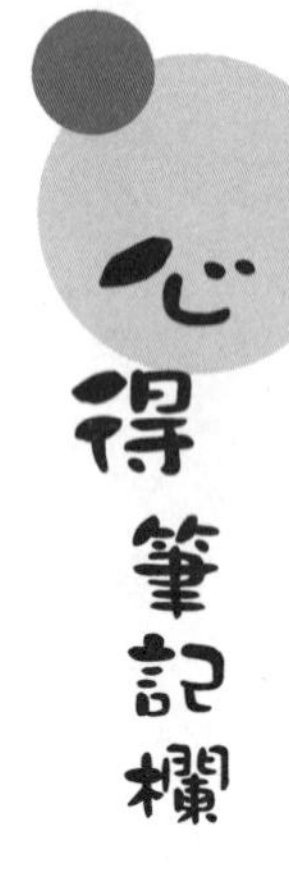
心得筆記欄

# 第二單元

# 文字魔法師

## 課程目標

＊能區別錯別字，並寫出正確的字形、讀出正確的字音。
＊能挑出有語病及不合邏輯之語句，並加以改正。
＊能正確解讀文意，並加上適當的標點符號。
＊能用字精準，遣詞合宜，造出有創意並有深度的句子。

錯別字的形成，不外下列四種因素：

1. **形似**：如把「分泌」誤作「分沁」、把「病入膏肓」誤作「病入膏盲」等。
2. **音同**：如把「百廢待舉」誤作「百費待矩」、把「破釜沉舟」誤作「破斧沉舟」等。
3. **音近**：如把「贗品」誤作「膺品」、把「漫山遍野」誤作「滿山遍野」等。
4. **義近**：如把「豐富」誤作「丰富」、把「平心而論」誤作「憑心而論」等。

當我們留意到這些因素，就比較不會再寫錯、讀錯、用錯了。同學們可仔細研讀「老師的叮嚀1——戰勝錯別字」單元，裡頭有更詳細豐富的解說，相信一定會對你有所幫助的。

**請在下列各組詞語中，選出字形完全正確的選項並打「∨」：**

|  | | |
|---|---|---|
| 1. | 令人羨慕（　） | 另人羨慕（　） |
| 2. | 飯夫俗子（　） | 販夫俗子（　） |
| 3. | 力竭聲嘶（　） | 力歇聲撕（　） |
| 4. | 一丘之貉（　） | 一丘之酪（　） |
| 5. | 危急全亡（　） | 危急存亡（　） |
| 6. | 伸出援手（　） | 伸出圓手（　） |
| 7. | 趨炎附勢（　） | 趨炎附世（　） |
| 8. | 無所是從（　） | 無所適從（　） |
| 9. | 惱羞成怒（　） | 腦羞成怒（　） |
| 10. | 觀鍵一球（　） | 關鍵一球（　） |
| 11. | 不知所宗（　） | 不知所終（　） |
| 12. | 個性潑辣（　） | 個性潑棘（　） |
| 13. | 全神貫注（　） | 全神灌注（　） |
| 14. | 鋃鐺入獄（　） | 狼當入獄（　） |
| 15. | 各抒己見（　） | 各紓己見（　） |
| 16. | 大章旗鼓（　） | 大張旗鼓（　） |
| 17. | 蠅之以法（　） | 繩之以法（　） |
| 18. | 白首起家（　） | 白手起家（　） |
| 19. | 旗開得勝（　） | 奇開得勝（　） |
| 20. | 詐騙伎倆（　） | 詐騙計倆（　） |
| 21. | 六根清靜（　） | 六根清淨（　） |
| 22. | 大名鼎鼎（　） | 大名頂頂（　） |
| 23. | 汗流夾背（　） | 汗流浹背（　） |
| 24. | 毛骨聳然（　） | 毛骨悚然（　） |
| 25. | 家徒四壁（　） | 家塗四壁（　） |

## 活動二　為句子醫病

病句類型通常有下列六種情形：

### ㈠語序不當

口語裡，語序的位置比較靈活，常常發生易位現象；但在書面語序裡，則比較固定。如果語序安排不當，就會造成結構混亂、句意混淆。例如：

博物館展出了宋朝時期新出土的古船。（×）

應改為：

博物館展出了新出土的宋朝古船。（○）

## ㈡搭配不當

這種情形主要出現在配對的句子成分之間，相關成分如主語和賓語、主語和謂語之間經常有成分搭配不當的現象。例如：

春風一陣陣吹來，樹枝搖曳著，月光、樹影一齊晃動起來，發出沙沙的響聲。（╳）

應改為：

春風一陣陣吹來，樹枝搖曳著，發出沙沙的響聲，月光、樹影一齊晃動起來。（○）

## ㈢成分殘缺或贅餘

從單句的角度講，成分殘缺最常見的是由於在主語前濫用介詞「對、通過、在」等，使作主語的詞語作了介詞的賓語，句子沒有了主語。也有缺謂語和缺賓語的錯誤。例如：

對於那些無視交通規則的人，難道不應該受到責備嗎？（╳）

應改為：

那些無視交通規則的人，難道不應該受到責備嗎？（○）

或改為：

對於那些無視交通規則的人，難道不應該責備嗎？（○）

## ㈣結構混雜

有的時候，一個意思可以使用不同的格式，儘管是同義格式，總有些差別，應根據不同語境和要求，選取最適合的一個。如果舉棋不定，把兩個都用上了，就犯了雜糅的毛病。例如：

止咳祛痰片，它裡面的主要成分是遠志、桔梗、貝母、氯化銨等配製而成的。（×）

應改為：

止咳祛痰片，它裡面的主要成分是遠志、桔梗、貝母、氯化銨等。（○）

或改為：

止咳祛痰片，它是由遠志、桔梗、貝母、氯化銨等配製而成的。（○）

### (五)表意不明

表意不明往往是由於句子有歧義所造成的。遇到這種狀況，若是說不明白、講不清楚，很容易造成誤會。

例如：

桌上放著許多朋友送來的禮物。（×）

應改為：

桌上放著許多禮物，是朋友送來的。（強調禮物很多）（○）

或改為：

桌上放著禮物，是許多朋友送來的。（強調送禮者很多）（○）

### (六)不合邏輯

這種情形相當常見，許多人在寫作時只會想到使用特殊的句子來修飾，卻往往忽略了主語和修飾句子間是否搭配恰當，等到作品完成後一讀，才發現許多不合邏輯的情況產生。例如：

汽車在蜿蜒的山道上急馳，如離弦之箭一般。（×）

應改為：

汽車在筆直的公路上急馳，如離弦之箭一般。（○）

## 綜合練習二

請你當句子醫生診治並修改下列幾個病句：

1. 在老師苦口婆心的教育下，使我迅速地成長起來了。

答：

2. 這種藥一問世，便受到病人的歡迎，因為臨床治療效果證明，這是有效治療高血壓的方法。

答：

3. 他像一支蠟燭，雖然照亮了別人，卻毀滅了自己。這樣的人生多有價值啊！

答：

4. 凱蒂貓公司規定，新產品價格不超過300－500元。

答：

5. 中國大陸和港臺歌星的連袂演出，博得了在場觀眾的熱烈掌聲，對各位歌星精彩的表演給予了很高的評價。

答：

## 活動三 標點符號妙、妙、妙

喬太守最近研究標點符號，發現不同的斷句，會產生不同的意思。請在下列句子裡，也找出不同的解讀。

1. 八十老翁親生一子所有財產完全給予女婿外人不得爭奪

答：

2. 大便當飯小便當菜

答：

3. 女孩如果沒有男孩就恐慌了

答：

4. 女子麻臉無頭髮烏黑皮膚白白痴痴純情不論聘金少不了

答：

5. 今年好霉氣全無財帛進門養豬個個大老鼠個個瘟做酒缸缸好做醋滴滴酸

答：

古代喬太守亂點鴛鴦譜，成就了妙因緣，而今天歌手王立宏寫了一封情書給楊丞林，為了躲過狗仔隊的八卦報導，所以沒有加上標點符號，楊丞林接到情書後無法解讀，於是找到了喬太守。結果喬太守一看信即露出悲傷的眼神，並且告訴楊丞林兩人愛情陷入危機。而楊丞林不信邪，再去找月下老人解讀情書，經月下老人指引之後，就歡歡喜喜地準備赴約。現在就請你想一想，喬太守解讀的情書與月下老人有何不同？

情書內容如下：「我愛你一萬年也不可能離開你最好讓全世界都忘了你我依舊很好」

喬太守的解讀為：

月下老人妙手一點：

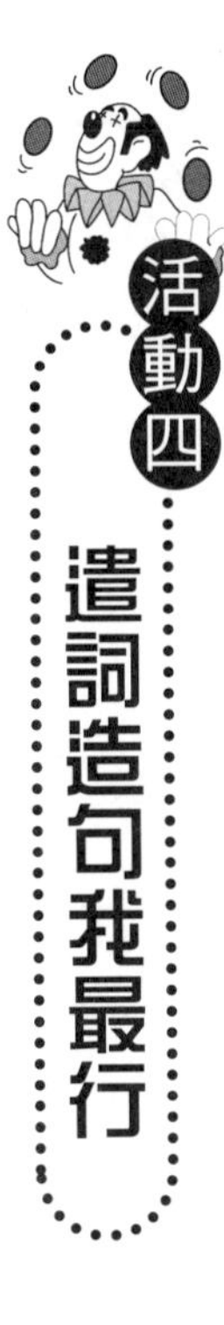


## ㈠一字出新意

馬克吐溫說：「貼切的字和差不多貼切的字的差別，就如同閃電和螢火蟲的不同。」一個字運用得精巧，會使整篇文章有畫龍點睛之妙。例如：

春風又綠江南岸——綠

紅杏枝頭春意鬧——鬧

你瞧，一個「綠」、一個「鬧」字，就讓整個句子「活」了起來，是不是很神奇呢？現在，就讓我們來練習看看用字的精準吧！

### 1. **用字精準**

請在下列句子中，圈出用字精準者：

(1)冷酷的連續殺人犯已經殺□了眼——黑、紅

(2)趕路的雁，也□了一頁鄉愁回家——銜、叼

(3)春雨使湖上的水花一朵朵開得□亮亮的——晶、響

(4)燕子是個賣布郎，隨身帶一把剪刀，把春天一寸寸□光了——剪、賣

(5)鼓是一個怕挨打的小孩，當你重重打他，他就高聲喊：□、□、□——痛、啊

### 2. **用字有創意**

欲表達「被美感動了」可改為「被美撞了一下」、「被美抱了一下」、「被美吻了一下」、「被美薰了一下」。你

想到了什麼？

答：

3. **名字大探索**

你了解自己的名字是什麼意思嗎？或者父母在取名時，對於你有著什麼樣的盼望呢？

我的名字是：

4. **字的大搜祕**

中國字不但具有溝通的實用功能，更具有造型之美的藝術價值。所以，我們不妨到字的國度去「眾裡尋它千百度」，找出一個「讀它千遍也不厭倦」的字，填入方塊中，並說出喜歡它的原因：

答：

## ㈡遣詞的魅力

1. 美麗的詞彙可以增加文句的魅力，即如SK-II化妝品，可以增進美女的姿色、風采一般。請你在下列的句子中，圈出適合的詞彙，讓句子更優美：

(1)給夢一把□□——椅子、梯子

(2)給想像一對□□——眼睛、翅膀

(3)給夢的小船一雙□□——耳朵、小槳

(4)給荒原一對□□——粉蝶、駱駝

(5)給流星雨的天空許下一個□□——親吻、承諾

2. 詞彙琳瑯滿目，有各種的表現手法。現在就從各種詞性的詞彙表現一一說明：

(1)動　詞：動詞乃句子中的靈魂，好的動詞可以帶動句子的動態感，十分重要。

例句a：斜飄的細雨是大地的針線縷縷，繡起了青翠大塊。
例句b：正午的影子是小時候犯錯的我，畏縮在小小的角落。
例句c：街燈尋找人群收集悲傷。

(2)形容詞：形容詞乃句子的美容設計師，足以讓句子華美而亮麗。
例句a：影子是不會思考的我。
例句b：龍捲風是魯莽的清潔工，奮力而不專業。
例句c：寂寞是孤獨到底的苦。

(3)副　詞：副詞能修飾動詞及形容詞，若運用得當，對句子將有一定的加分效果。
例句a：啊，世界
　　我們的心，又
　合法而健康地淫蕩起來了——陳黎〈春天〉
例句b：一只破碎的方向燈，塑膠碎片，寫意地延伸成各種象徵。

(4)名　詞：名詞乃句子的主語，有了它，句子的內容才有指涉的重點。
例句a：風是掠奪者，帶走了成千上萬的綠葉，樹枝低頭發出無力的悲鳴。
例句b：大雄是扶不起的阿斗，哆啦A夢則是無事不知無理不曉的諸葛亮。
例句c：魚群是海洋流動的血液。
參考範文：馬致遠〈天淨沙・秋思〉
　　枯藤，老樹，昏鴉。
　小橋，流水，人家。

古道，西風，瘦馬。
夕陽西下，斷腸人在天涯。

(5)轉　品：詞性中變化多端更能造成句子的靈活、躍動，同學可多應用此方法活化文句。
例句a：寒冬的殘月是遊子心中補不滿的圓——「圓」由形容詞轉名詞。
例句b：錦衣玉食——「錦」、「玉」由名詞轉形容詞。
例句c：春風風人，春雨雨人——第二個「風」、「雨」皆為名詞轉動詞。
例句d：蠶食鯨吞——「蠶」、「鯨」皆由名詞轉為副詞。
例句e：我只是為學問而學問，為勞動而勞動——第二個「學問」名詞轉動詞。

## 綜合練習四

陳黎〈小城〉

遠東百貨公司
阿美麻糬
肯德基炸雞
惠比須餅舖
凹凸情趣用品店
百事可電腦
收驚
震旦通訊

液香扁食店
真耶穌教會
長春藤素食
固特異輪胎
專業檳榔
中國鐵衛黨
人人動物醫院
美體小舖
四季咖啡
郵局
大元葬儀社
紅蓮霧理容院
富士快速沖印

陳黎先生的〈小城〉一詩，共運用了21個名詞組合成一個城市意象，手法相當新穎。請仿照這首〈小城〉，用10個名詞作成一首詩來描繪國中生活，題目自訂。試試看！

## 活動五 找出舊事物的新聯繫

有人說：「詩人是萬物的命名者。」這句話的意義不在強調詩人像上帝，可以生殺萬物。他所要表達的是，詩人可以發現舊事物的新意義，將兩種不相干的事物，連結在一起產生新的「化學作用」。這也是文學創作重要的契機，創意的來源。例如：

1. **珍珠／詛咒**

例句：珍珠是母蚌永世不得自由的詛咒。

2. **海鷗／音符**

例句：海鷗是海風上飛翔的音符。

珍珠與詛咒原本並不相干，但是詩人利用珍珠的產生，原本只是母蚌用來排除身體中沙石的廢物，卻因為牠的光彩奪目，而成了永世不得自由的詛咒，因為牠必須為人類大量生產珍珠，提供愛美者的使用，這即是將不相干的二者加以聯繫，作成了一句好詩。

## 綜合練習五

請你當文字邱比特，用愛神的箭，讓兩個不相干的詞彙，談一場世紀戀愛，組合成有創意的句子。

㈠**鷺鷥／雲**

㈡**年輪／身分證**

(三)麻瓜／密碼

(四)荷葉／步道

(五)爭吵／戲

## 活動六 來玩一行詩

1. 請在下列A、B、C、D、E各欄中，各任意挑選一項，組織成一句有意義的詩。

| | 原句 | 聯想詞彙 | | | | | | |
|---|---|---|---|---|---|---|---|---|
| A | 淡水河 | 傘 | 時鐘 | 眼鏡 | 雨滴 | 狂風 | 笑靨 | 扇子 |
| B | 擦撞 | 切割 | 追撞 | 抄襲 | 親吻 | 逃避 | 洗淨 | 跌進 |
| C | 觀音山 | 桌子 | 森林 | 雙頰 | 大地 | 臺北街頭 | 跑車 | 人們 |
| D | 流入 | 飛進 | 醉於 | 溢滿 | 滑進 | 驚起 | 承載 | 嚇跑 |
| E | 大海 | 瞌睡蟲 | 歷史成敗 | 柏油路 | 年輕的心 | 喜悅 | 音響 | 河流 |

例句：淡水河擦撞觀音山後流入大海。
眼鏡跌進桌子前嚇跑瞌睡蟲。

（資料參考：白靈《一首詩的玩法》九歌出版社）

你也來試一試：

2. **當我們已經會造出一個漂亮的句型，如果懂得善用重複的排比修辭，可以立即造出一組好句子，如此自然可以收事半功倍之效。**

參考範文：詹冰〈插秧〉

水田是鏡子
照映著藍天
照映著白雲
照映著青山
照映著綠樹

農夫在插秧
插在綠樹上
插在青山上
插在白雲上
插在藍天上

參考範文：〈嘴〉

男人用來聯話
女人用來八卦
小孩用來撒嬌
老人用來回憶
神農氏用來冒險
巫師用來下咒
其實
最初只是為了生存
但
　　吻
才是真正的功能（未記名）

## 綜合練習六

請模仿〈嘴〉一詩的作法，運用「□□用來□□」的句型，以五官為範圍，使用排比句，試作一首短詩。

# 戰勝錯別字

近年來錯別字成為國語文程度低落的首要話題，中小學生作文錯別字滿篇，教育部也鬧出如「音容宛在」、「罄竹難書」等使用錯誤的笑話，幾乎上自教育部，下至小學生無人得以倖免。造成錯別字的根本問題除了國語文教學時數之不足之外，加上大家習慣使用電腦，以至於練習不足，造成大量錯別字。

其實，中國字具有形、音、義三個部分，如果能從基本造字原理了解，再把字形、字音、字義相似者加以區辨，則可事半功倍擺脫寫錯別字的困擾。

以下介紹容易錯寫、錯讀的幾種狀況，只要遵守下列各項原則，即可避免再寫錯別字：

## 一、了解破音字這個大家族的每個成員，並確知其不同用法

破音字就是同一個字用在不同地方會有不同讀音或唸法的字，如「給」這個字，在「給你一把故鄉的泥土」中唸成三聲ㄍㄟˇ，在「自給自足」中也是三聲，卻唸成ㄐㄧˇ；又如「吃」這個字，在「吃一頓大餐」中讀作ㄔ，在「說話會口吃」中讀成ㄐㄧˊ，諸如此類，這類字在不同情況下大多都不會是同樣的意思，就算意思相近也會有所區別。

## 二、注意區別同音、異義、形近的字群

如果看到以下的請假單事由「爺爺去勢，請喪假三日」，或是看到「參加升旗典禮，要整理遺容」，你一定會噴飯大笑。其實，以上兩句話所犯的錯誤都在：字音相同，字形相近，字義卻大大不同。所以平日學習時就要將同音、異義、形近的字群，放在一起，加以區別。

例如：元極／圓寂；胸罩／凶兆；自許／自詡
出獄／出浴；治癌／致癌；貞操／真鈔

受精／受驚；速食／素食；展露／嶄露

### 三、留心部首、地名、姓氏、人名或稱呼都有特殊讀音，必須仔細辨別

中國幅員遼闊所以地名、姓氏、人名都有許多讀音與原字不同，例如燕，一般讀為「ㄧㄢˋ」，但當作「燕京」即必須讀為「ㄧㄢ」；又如「尉」一般皆唸為「ㄨㄟˋ」，但當姓氏時，則必須唸成「ㄩˋ」，如門神「尉遲恭」則不能唸成「ㄨㄟˋ ㄔˊ ㄍㄨㄥ」。另外，部首往往在唸的時候亦會錯誤，例如「彡」應唸成「ㄕㄢ」、「夊」應唸成「ㄧㄠˊ」、「耒」應唸成「ㄌㄟˇ」，諸如此類不勝枚舉，其他再列舉數例說明。

例1.部首：丨（ㄍㄨㄣˇ）、殳（ㄕㄨ）、髟（ㄅㄧㄠ）、黹（ㄓˇ）。

例2.地名：西門町（ㄊㄧㄥˇ）、燕（ㄧㄢ）京、會稽（ㄍㄨㄟˋ ㄐㄧ）。

例3.姓氏：龔（ㄍㄨㄥ）、令（ㄌㄧㄥˊ）狐沖、韋（ㄨㄟˊ）小寶。

例4.人名或稱呼：酈食其（ㄌㄧˋ ㄧˋ ㄐㄧ）、單于（ㄔㄢˊ ㄩˊ）。

### 四、留心輕聲字的變化，使詞彙讀起來更有味

例：含糊（˙ㄏㄨ）、疙瘩（˙ㄉㄚ）、沒出息（˙ㄒㄧ）。

### 五、偏旁相同字，其字根相同，但是讀音卻不相同，也是我們必須留意小心之處

中國字的組成以形聲字為最多，而形聲字的聲符部分，經過一段長時間演變之後，字音也會有些許的變化，例如以甘為聲符的字，甘原本讀音為「ㄍㄢ」，但「邯鄲」之「邯」則讀為「ㄏㄢˊ」，「鉗子」之「鉗」則讀為「ㄑㄧㄢˊ」，「酣醉」之「酣」則讀為「ㄏㄢ」，其各字讀音皆有些微的不同，同學必須注意其讀音，另舉數例再作佐證。

例1.：組（ㄗㄨˇ）、祖（ㄗㄨˇ）、組（ㄗㄨˇ）、詛（ㄗㄨˇ）、阻（ㄗㄨˇ）、咀（ㄐㄩˇ）、沮（ㄐㄩˇ）、狙（ㄐㄩ）、疽（ㄐㄩ）

例2.：謬（ㄇㄧㄡˋ）、繆（ㄇㄡˊ）、膠（ㄐㄧㄠ）、戮（ㄌㄨˋ）、勠（ㄌㄨˋ）、廖（ㄌㄧㄠˋ）、寥（ㄌㄧㄠˊ）

例3.：貉（ㄏㄜˊ）、恪（ㄎㄜˋ）、烙（ㄌㄠˋ）、輅（ㄌㄨˋ）、酪（ㄌㄠˋ）

例4.：稿（ㄍㄠˇ）、縞（ㄍㄠˇ）、犒（ㄎㄠˋ）、嵩（ㄙㄨㄥ）、槁（ㄍㄠˇ）

例5.：儈（ㄎㄨㄞˋ）、膾（ㄎㄨㄞˋ）、劊（ㄎㄨㄞˋ）、繪（ㄏㄨㄟˋ）、燴（ㄏㄨㄟˋ）、薈（ㄏㄨㄟˋ）

# 第三單元

# 尋找文學密碼

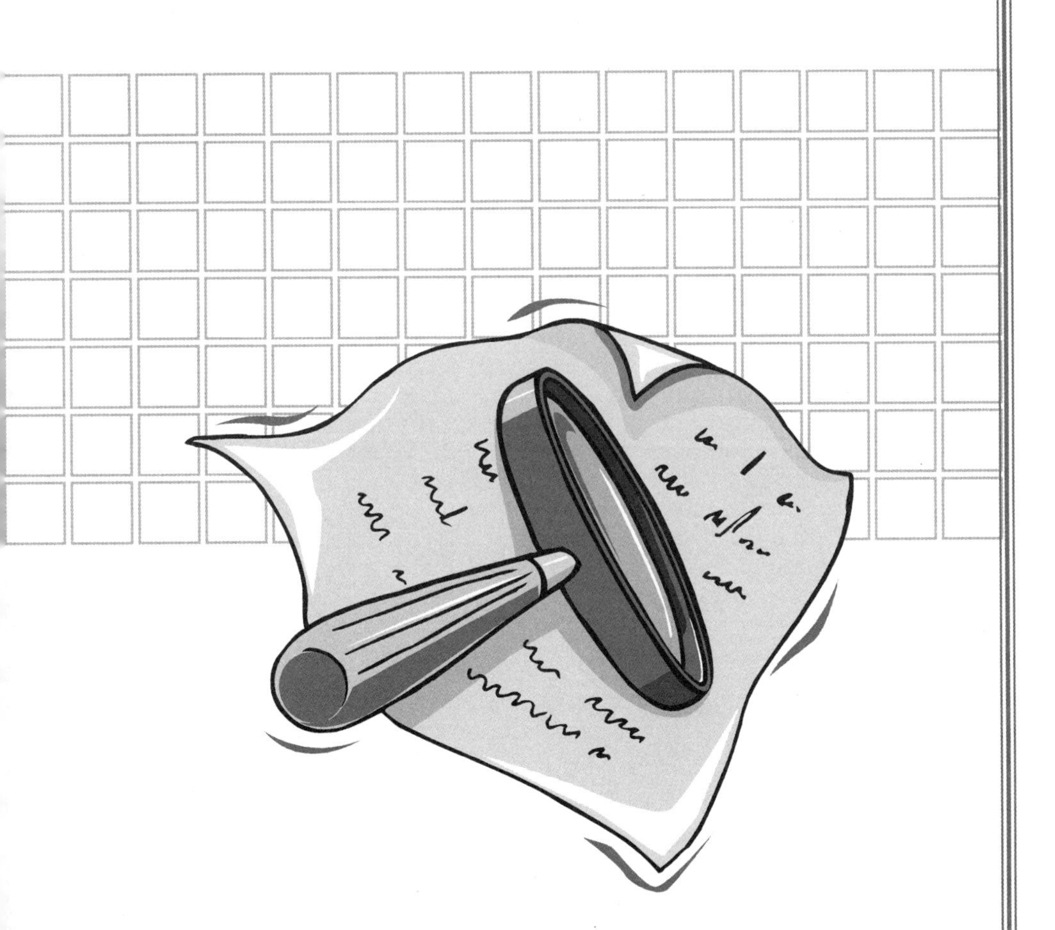

## 課程目標

＊了解意象的定義。
＊如何使用意象的手法。

### 什麼是意象？

創作者若要寫好文章，首重「意象」的經營，經營得法，才能有美文佳構，然而什麼是「意象」？所謂「意象」乃是作者的意識與外界的事物相交會時，經過觀察、分析、審思與美的釀造，成為有意境的景象。而它的經營手法則是透過文字，利用視覺以及其他感官的傳達，讓讀者如同親眼見到親身感受到一般。

## 活動一 化抽象概念為具體形象

在文學創作的過程中，創作者若想要表達抽象的概念，經常利用具體的描摹使讀者更容易了解。例如：

1. 讓生時麗似夏花，死時美如秋葉。（泰戈爾《漂鳥集》）

**說明：**以夏花之燦爛具象了生命之絢爛，以秋葉之靜具象死後之平靜。

2. 也許每一個男子全都有過這樣的兩個女人，至少兩個。娶了紅玫瑰，久而久之，紅的變成了牆上的一抹蚊子血，白的還是「床前明月光」；娶了白玫瑰，白的便是衣服沾的一粒飯粘子，紅的卻是心口上一顆朱砂痣。（張愛玲〈紅玫瑰與白玫瑰〉）

**說明：**作者用蚊子血、朱砂痣；床前明月光、一粒飯粘子，具象化了人性對已經獲得之後的輕忽，以及未能獲得的懸想。

3. 離恨恰如春草，更行更遠還生。（李煜〈清平樂〉）

**說明：**作者用具體「春草」來表達抽象的離恨。

4. 過去的日子如輕煙，被微風吹散了，如薄霧，被初陽蒸融了。（朱自清〈匆匆〉）

**說明：**作者用具體的「輕煙」及「薄霧」來表達抽象的時間。

## 綜合練習一

**請寫下文中具體形象的字詞，並指出作者心中的意象。**

| 詩　文 | 具體形象的字詞 | 作者心中的意象 |
| --- | --- | --- |
| 童年的一天一天，溫暖而遲慢，正像老棉鞋裡面，粉紅絨裡子上曬著的陽光。（張愛玲〈童言無忌〉） | | |
| 紅豆生南國，春來發幾枝。願君多採擷，此物最相思。（王維〈相思〉） | | |
| 晚霞在幕天上撒錦，溪水在殘日裡流金。（戴望舒〈夕陽下〉） | | |
| 酒放豪陽，七分釀成了月光。（余光中〈尋李白〉） | | |
| 我因為上面有個祖母頂著，總算還有個避風的港灣。（蕭 | | |

| | | |
|---|---|---|
| 蕭〈父王〉） | | |
| 人生如絮，飄零在此萬紫千紅的春天。（陳之藩〈失根的蘭花〉） | | |
| 人生好比一部小說，不在長而在好。（西諺） | | |
| 君子之德風，小人之德草，草上之風必偃。（《論語・顏淵》） | | |
| 自然是最偉大的一部書。（徐志摩〈翡冷翠山居閒話〉） | | |
| 人生是一奮鬥的戰場。（陳之藩〈哲學家皇帝〉） | | |

## 活動二 感官知覺的綜合使用

創作的過程中，創作者常利用各種感官知覺的描摹及綜合使用，使文章更新鮮、更活潑，更容易讓讀者了解。這個範疇涵蓋豐富，因此分為兩部分敘述。

**㈠摹寫**　凡是在語文中，對各種人、事、物的聲音、顏色、形體、情狀加以描繪，就叫做摹寫。例如：

1. 聽朋友附在耳朵旁低低啞啞的祕密聲。（簡媜〈夏之絕句〉）

**說明**：「低低啞啞」是聽覺的摹寫。

2. 江南可採蓮，蓮葉何田田。（古詩〈江南〉）

說明：「田田」是視覺的摹寫。

3.他的手也是不能忘的，永遠是濕津津的，冷冰冰的，握上去像是五條鱔魚。（梁實秋〈握手〉）

說明：「濕津津的」、「冷冰冰的」是觸覺的摹寫。

4.一陣風掠過，華夫人嗅到菊花的冷香中夾著一股刺鼻的花草腐爛後的腥臭。（白先勇〈秋思〉）

說明：「冷」、「刺鼻的花草腐爛後的腥臭」是嗅覺的摹寫。

**(二)移覺**　凡是在語文中，把某種感官的感覺移植到另一種感官上，便叫做移覺。例如：

1.划啊，兄弟們，划向那綠的一層，那裡大海和低天正在擁抱。（奈都夫人〈柯羅曼德的漁夫〉）

說明：作者把海天一色的視覺，移轉為海天擁抱的觸覺。

2.無言獨上西樓，月如鉤，寂寞梧桐，深院鎖清秋。（李煜〈相見歡〉）

說明：作者把寂寞的心覺轉為淒冷的視覺。

3.約有兩分鐘之久，彷彿有一點聲音從地底下發出。這一出之後，忽然又揚起，像放那東洋煙火，一個彈子上天，隨化作千百道五色火光，縱橫散亂。（劉鶚〈明湖居聽書〉）

說明：作者把音樂的聽覺移轉為煙火的視覺。

**(一)請寫出下列詩文使用了哪一種的感官摹寫。**

| 詩文 | 感官摹寫 |
| --- | --- |
| 我似乎還聽見嘻嘻哈哈的笑聲。（簡媜〈夏之絕句〉） | |
| 北平尋常提到江蘇菜，總想著甜甜的、膩膩的。（朱自清〈說揚州〉） | |
| 那大王推開房門，見裡面黑洞洞地。（施耐庵《水滸傳》） | |
| 深秋的夜風吹來，我有點冷，披上母親為我織的軟軟的毛衣，渾身又暖和了起來。（琦君〈髻〉） | |
| 今天第一次看到這棵果實如此豐碩的柚子樹，霎時間，心頭充滿了喜悅與新奇。（周素珊〈第一次真好〉） | |

**㈡請寫出下列詩文中使用的感官移覺。**

| 詩文 | 感官移覺 |
| --- | --- |
| 漸漸的越唱越高，忽然拔了一個尖兒，像一線鋼絲，拋入天際。 | 由（　　）覺移為（　　）覺 |
| 秦淮河的水卻儘是這樣冷冷的綠著。（朱自清〈槳聲燈影裡的秦淮河〉） | 由（　　）覺移為（　　）覺 |
| 春日裡的祖母綠／晴空裡的藍水晶／夜幕裡的黑珍珠／我只聽到一聲心碎的嘆息（溫慧懿〈簷滴〉） | 由（　　）覺移為（　　）覺 |
| 陽光好亮，透過葉隙叮叮噹噹擲下一大把金幣。（張讓〈夏天燃起一把火〉） | 由（　　）覺移為（　　）覺 |
| 愁，好像味精，少放一點，滋味無窮；多放一點，就要倒盡胃口。（吳怡〈一束稻草〉） | 由（　　）覺移為（　　）覺 |

## 活動三　習慣認知所引發的關聯意象

創作過程中，常常因為文化上的習慣認知，或社會的約定俗成，使某些事物在文學作品中，具有特殊的關聯意象，若能善加運用，便能增加文章的文學價值。例如：

1. 予獨愛蓮之出淤泥而不染，濯清漣而不妖，中通外直，不蔓不枝，相遠益清，亭亭淨植，可遠觀而不可褻玩焉。（周敦頤〈愛蓮說〉）

**說明**：以蓮花來象徵君子高潔。

2. 這荒草地裡有她的墓碑，
淹沒在蔓草裡，她的傷悲；
淹沒在蔓草裡，她的傷悲——
啊，這荒土裡化生了血染的薔薇！（徐志摩〈蘇蘇〉）

**說明**：作者以薔薇比喻痴心的女子蘇蘇。

3. 高節人相重，虛心世所知。（張九齡〈和黃門盧侍御詠竹〉）

**說明**：作者以「竹節」來比喻虛心。

4. 未游滄海早知名，有骨還從肉上升。莫道無心畏雷電，海龍王處也橫行。（皮日休〈詠蟹〉）

**說明**：作者描繪「蟹」橫行的形態，其實這也是蟹給人的傳統印象。

5. 然而松柏後凋於歲寒，雞鳴不已於風雨，彼眾昏之日，固未嘗無獨醒之人。（顧炎武〈廉恥〉）

**說明**：文中以「松柏」比喻堅貞的志節，以「雞鳴」比喻君子不改變節操。

## 綜合練習三

**請寫出下列事物所引發的相關聯想的意象，並另外提出三個事物與大家分享。**

| 事物 | 相關聯想的意象 | 事物 | 相關聯想的意象 | 事物 | 相關聯想的意象 |
|---|---|---|---|---|---|
| 竹 | | 菊 | | 牡丹 | |
| 柳 | | 梅 | | 白旗 | |
| 白鴿 | | 荷 | | 蟹 | |
| | | | | | |
| | | | | | |
| | | | | | |
| | | | | | |

## 活動四　運用誇飾增添鮮活形象

創作者在行文間，為了表達強烈的情感或鮮明的意象，故意誇大其詞，運用放大或縮小的方式，以使形象更加鮮活。例如：

1. 白髮三千丈，緣愁似箇長。（李白〈秋浦歌〉）

說明：作者以「白髮三千丈」來誇飾心中愁苦。

2. 君不見，黃河之水天上來，奔流到海不復回。（李白〈將進酒〉）

說明：作者以「黃河之水天上來」誇飾黃河之水澎湃盛大的景象。

3. 江碧鳥逾白，山青花欲燃。（杜甫〈絕句〉）

說明：「欲燃」形容花開的情景，像春光在青山上燒起來，將鮮紅色澤加以誇張。

4. 對酒當歌，人生幾何？譬如朝露，去日苦多。（曹操〈短歌行〉）

說明：作者以「朝露」比喻人生之短暫。

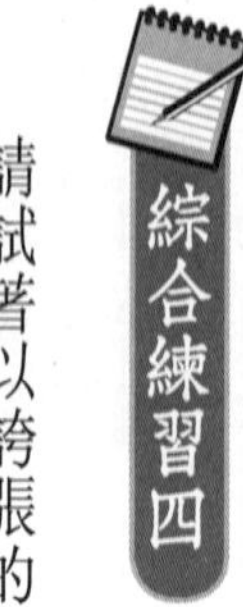

## 綜合練習四

請試著以誇張的句子表達下列的情緒。

1. **我生氣——**

習作：

2. **我驚恐——**

習作：

3. **我快樂——**

習作：

4. **我愛你——**

習作：

5. **我痛苦——**

習作：

## 活動五 援引典故、事例以深化意象

創作時，作者常引用與本題有關的典故或事例，來佐證自己的論點，或使語言更簡煉、更生動活潑，以深化讀者的意象。例如：

1. 嫦娥應悔偷靈藥，碧海青天夜夜心。（李商隱〈嫦娥〉）

**說明：**用嫦娥奔月的典故來深化不能平靜的內心。

2.那想觸摸到我的人都是豬，老闆每日拜天蓬大元帥，從他們看我的眼光我就可以感覺到。（雛妓）

**說明：**天蓬大元帥指《西遊記》中的豬八戒，詩人藉此強化嫖客的形象。

3.在沒有上帝觀念的人文學者裡，對於「生」的態度總是「發憤忘食，樂以忘憂，不知老之將至」；更不知死之將至。（陳之藩〈羅素與伏爾泰〉）

**說明：**引用《論語》：「發憤忘食，樂以忘憂，不知老之將至。」表達作者的生命態度。

4.一般人常說，書到用時方恨少。尤其在今天所謂「知識爆炸」時代，更使人有「生也有涯，而知也無涯」的感覺，所以，培養一種普遍的讀書風氣，實在是學校和社會應該共同努力的目標。（劉真〈論讀書〉）

**說明：**引用《莊子．養生主》：「生也有涯，而知也無涯。」的例子，來強調知識無窮無盡。

**請寫出詩文中所用到的典故及事例。**

| 詩文 | 典故及事例 |
|---|---|
| 學校派你出去比賽，真是「蜀中無大將，廖化作先鋒。」 | |
| 沒有碑碣/雙穴的/墓/梁山伯和祝英台/就葬在這裡（商禽〈鼻〉） | |
| 出了伊甸園/再直的路/也走得曲折蜿蜒/艱難痛苦（非馬〈蛇〉） | |
| 功蓋三分國/名成八陣圖/江流石不轉/遺恨失吞吳（杜甫〈八陣圖〉） | |
| 東風不與周郎便/銅雀春深鎖二喬（杜牧〈赤壁〉） | |

| | |
|---|---|
| 你曾是黃河之水天上來／陰山動／龍門開／而今反從你的句中來　（余光中〈戲李白〉） | |
| 有一條黃河／你已夠熱鬧的了／大江／就讓蘇家那鄉弟吧　（余光中〈戲李白〉） | |
| 不是沒有人才，是沒有識人才的眼睛。不是沒有良馬，而是一些根本未見過馬的人，自欺為伯樂而已。（陳之藩〈第五信〉） | |
| 頭懸梁，錐刺骨，彼不教，自勤苦。（《三字經》） | |
| 刎頸交，相如與廉頗；總角好，孫策與周瑜。（《幼學瓊林》） | |

## 活動六　將靜態形象改作動態描寫

將事物的靜態形象改作動態描寫，可使文章顯得動感十足，富有生趣；在閱讀時，也較能引起讀者的注意力，給人留下深刻的印象。例如：

1. 只有夜風還醒著，從竹林裡跑出來，跟著提燈的螢火蟲，在美麗的夏夜裡愉快的旅行。（楊喚〈夏夜〉）

**說明**：全詩把夏日的夜風，用動態的「跑」及「旅行」來表現。

2. 你在母親懷中睡眠時天空守著你，而清晨小心翼翼地到你床邊來吻你的眼睛。（泰戈爾〈新月孩兒之歌〉）

**說明**：文句中「守著」動化了孩子夜晚的睡眠，而「小心翼翼地吻」動化了清晨的覺醒。

3. 我也常去賭場，看到別人臉上歡天喜地或者驚愕萬分的神色，像潮水似地湧來湧去，而我的內心則一直處於可怕的退潮狀態。（褚威格〈一個女人的24小時〉）

**說明**：文句中用「退潮狀態」動化書中人物的內心情緒。

## 綜合練習六

在綠色的四周有許多神智清醒，騷動不寧，靜心等待的手，從各自不同的袖管裡探出頭來。每隻手都是一頭猛獸，準備一躍而起，形狀各異，顏色不同，有的光溜溜毫無修飾，有的戴著指環和叮鈴作響的手鏈，有的長滿茸毛活像野獸，有的汗濕彎曲活像鰻魚，但由於極度焦躁不耐全都緊張得微微顫抖……。

這是選自褚威格〈一個女人的24小時〉作品中的一段文字，褚威格藉著作品中女人的觀察，精采的描繪賭場中賭客的手，每一雙手標誌了每一個不同個性的主人。請以「媽媽的手」為題，用動態的描述方式加以表達，新詩或散文不限。

**題目：媽媽的手（兩百字以內，可不分段）**

老師的叮嚀 2

# 如何累積閱讀經驗

教學的過程中，常遇到學生在面臨即將應考之際，才一臉惶惑的問，如何提升作文能力？面臨這樣的問題，有多年教學經驗者都會說：「養兵千日用在一時」，而如何養兵便是今天要談的重點。

學生寫作最常犯下列幾個缺點：一是指涉不明，籠統空泛。提到「雅量」，那麼不論政治家、思想家、軍事家都有雅量。二是張冠李戴，人物混淆，時空不明。先秦諸子言論，不管它是「道可道，非常道」，還是「莊周夢蝶」，一概不是孔子說就是孟子說。要不就是記不清楚事例，平常全不積累，所以由近取譬，說早上公車司機的提醒，或隔壁王伯伯的悲慘教訓，這樣的文章如何能說服閱讀者呢？

有鑑於前面提到的學生的缺點，大量而廣泛的閱讀，便成為提升作文能力的重要方法，畢竟「巧婦難為無米之炊」，沒有材料或體會不深，自然無從下筆。而閱讀的範疇基本上不出五大方向：

**一、歷史事例** 歌德曾說：「理論是灰色的，但樹木卻永遠青翠」，套用這個語法，我們可以說：「觀念是沉悶的，但故事卻永遠動聽」。透過歷史故事，我們可以使一個原本單調的主題更加鮮活，也可以從歷史事例中增強論說文的能力。例如，項羽鴻門一錯，終至烏江自刎，便可說明關鍵時刻當機立斷的重要。岳飛所訓練的岳家軍「凍死不拆屋，餓死不擄掠」，軍紀嚴明，便可說明紀律的重要。

**二、名人傳記** 從名人的生命經驗，踏著古往今來成功人物的腳印，咀嚼他們的知識精華，必能深化創作的內容。例如：「樂羊子妻勸學」的事例便可印證「行百里者半九十」。托爾斯泰年輕時放蕩失足、周處改惡除害的事例，便可以說明唾棄惡行才能避免再犯，才能使人遠離墮落。

**三、思想辨明** 論說文最大的挑戰，便是作者的中心思想，基本立場，因此多閱讀人生想法，思想信念的作品，才能加強思辨能力，也才能寫出深刻的論說文。國中生常閱讀的書，如：《蟲洞書簡》、劉墉系列作品、陳之藩作品等，都是這類的書籍。

## 四、自然風物

大自然的草木鳥獸、山川名物，都是創作者的天然養分，透過閱讀、旅遊、觀察，了解大自然的奇妙，這部分的材料也不可缺少。胡適的〈老鴉〉，李魁賢的〈麻雀〉，甚至古蒙仁的〈吃冰的滋味〉，如果不是作者親自體驗細心觀察，便無法打動讀者的心。

## 五、個人情思

創作的最大動力，主要來自個人情思的抒發，創作者內心的喜、怒、哀、樂是作品中基本的因子。人生的悲歡離合，國家的盛衰興替，在在都牽動了創作者的情思，所以林海音有《城南舊事》，曹雪芹有《紅樓夢》，李後主的「問君能有幾多愁？恰似一江春水向東流」，朱自清的〈背影〉，都是內心情思的抒發。

然而，廣博的閱讀固然重要，但若沒有經過消化整理，沒有逐步的累積，知識仍只是片段的知識，無法內化為篇章佳構。所以古人說「知識就是有系統的資料整理」，因此閱讀之後，需加以整理內化，再從全新的角度來認識材料，使這些龐雜的知識成為自己的語言，全新的概念，比如孔子說：「不學禮，無以立。」又說：「三十而立。」有人便依照這兩句話推論「孔子三十學禮成功」，這個說法容或有討論的空間，但我們卻可以從中了解充分整理消化資料，是做學問的重要課題。

對初入學海的同學們來說，先充分吸收前面所提到的五種養分，加以蒐集、吸收、熟背，使這些材料猶如沙灘上一枚枚耀眼亮麗的貝殼，化為具體有利的論據，豐盈文章的主題意涵，深化文章的思想內容，才能使作者眼力更準確，筆力更遒健。

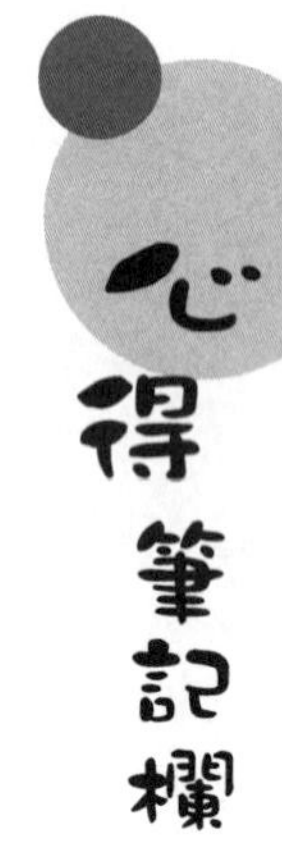
心得筆記欄

第四單元

# 文學化妝師

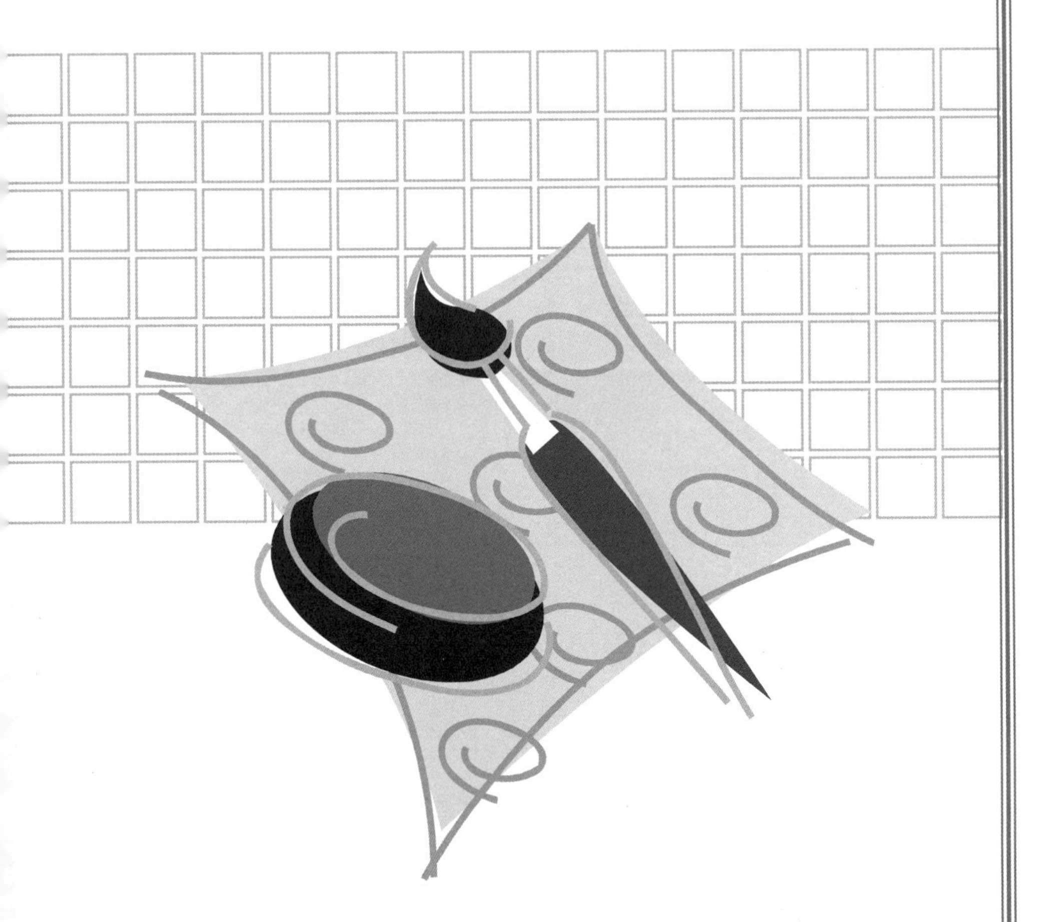

## 課程目標

＊學習正確的寫作步驟及記敘文寫作的方式。
＊如何組織篇章，使文章架構嚴謹、層次分明。
＊如何安排文章情境，呈現文學美感。

## 活動一 文學開講

### ㈠正確的寫作步驟

關於寫作，近代文藝美學大師朱光潛先生曾說過一段話：

在定了題目之後，我取一張紙條擺在面前，抱著那個題目四方八面地想。想時全憑心理學家所謂「自由聯想」，不拘大小，不問次序，想得一點意思，就用三五個字的小標題寫在紙條上，如此一直想下去，一直記下去，到所能想到的意思都記下來了為止。這種尋思的工作做完了，我於是把亂雜無章的小標題看一眼，仔細加一番衡量，把無關重要的無須說的各點一齊丟開，把應該說的選擇出來，在其中理出一個線索和次第，另取一張紙條，順這個線索和次第用小題寫成一個綱要。這綱要寫好了，文章的輪廓已具。每小題成為一段的總綱。我於是依次第逐段寫下去。寫一段之先，把那一段的話大致想好，寫一句之先，也把那一句的話大致想好……

1. 請問，這段文句的內容主要是在談論什麼？

答：

2. 下圖為文中描述的寫作步驟，請填補空缺，將完整的過程寫下來。

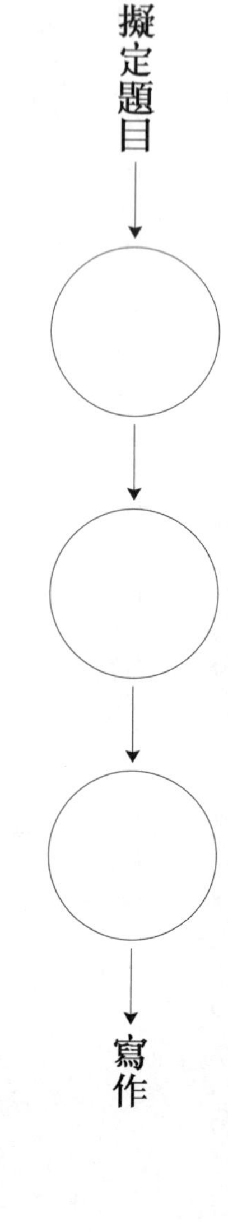


答：

經過這一番牛刀小試，想必同學們對於寫作有點概念了，下列是老師蒐羅各方專家的寫作經驗綜合出來的結論，這是重要的寫作祕笈，同學們要好好保存修練，且慎勿外洩!!

## ㈡寫作祕笈九大式

1. **擬定題目**（審題）：若是自由命題，則須先確立題目；若是命題作文，則必須審視題目涵義。
2. **自由聯想**：審題之後，便如朱光潛先生所說：「不拘大小，不問次序」，把所有與題目相關的聯想都記下來。
3. **確立中心主旨**：整理上述所聯想的事物，根據材料確立你所要表達的中心主旨。
4. **決定文體**：根據所立的文章主旨及聯想歸納的材料，選擇最適合發揮的體裁。
5. **選取材料**：材料中最能申述主題，也最能掌握、最感興趣的資料留下，其他枝微末節則刪除。篩選材料，須俐落乾脆，否則行文便有龐雜冗贅的缺失。
6. **決定敘述方式**：文章結構的建立，要考慮到文章的呈現方式，是按照時間的順序呈現？還是依據空間位置的變換順序？是把事情按照原因、經過、結果的方式寫作，還是運用分類的方式？是分別從多方面各角度介紹？或是用對比的手法來強調、比較？這些都是構思敘述方式時該注意的。
7. **擬定綱要**：決定好敘述方式之後，便可以安排篇章段落了，眾多材料之中，哪些要安排在開頭？哪些安排在結尾？中段如何鋪陳轉折？各段如何貫串以顯示文章主旨？句與句、節與節、段與段前後如何銜接？如何彼此照應？哪些素材只須略寫以作襯托？哪些該精寫？怎麼寫較有說服力？這些都是擬定大綱時該思考的。
8. **下筆為文**：下筆時行文用字、遣詞造句應該多作推敲，力求精當，想清楚再下筆；文句須求完整且邏輯清晰，通篇文章須求通順簡潔、生動新穎；字體應該清楚工整，留意避免錯別字的出現；標點符號使用要恰當……。
9. **修改潤飾**：作文完成時，當從頭檢視，並默誦二至三遍，訂正錯別字，裁剪冗贅字詞，修潤語句……。

近年來的考試作文，題目敘述十分精確，不容易造成審題障礙，但仍是有些迷糊的同學不看清題目，貿然下筆而偏離題目，儘管文字清暢、情致盎然，在國中基測作文考試中，就只能得二～三級分；在大考學測中也只能得B或B⁻等級。所以，審思題目是寫作過程中不可缺少的步驟，在下筆之前一定要看清題目，認識它的真正意義，再決定怎麼寫。那麼，該如何審題呢？

**㈠要確切理解題目的意思，不要看錯字、會錯意**

把「關心」看成「開心」，請你寫「最關心的事」，你卻很「開心」地寫了一堆歡樂記憶；明明是要你寫「最喜歡的節目」，你卻如數家珍介紹了一堆電視節目，或是從眾多紀念節日中挑了一個節日抒寫，一字之差，全篇都錯，令人錯愕惋惜。所以，寫作文時，務必看清題目，別看錯字，也別會錯意，「朝氣」不是「早晨的空氣」；而「飲水思源」，更不是勸人「注重環保，保護水源」。

**㈡要掌握題目的重心，不可盡往旁枝末節寫去**

「讀書甘苦談」只一廂情願地寫了許多讀書如何辛苦，完全不談讀書有所領會時，欣然忘食、樂以忘憂的甘美；則此作文成績，恐怕將令人灰心喪志，充滿「暮氣」。「最珍貴的禮物」，你卻一味描寫贈禮者與你之間的愛情過程，卻不描繪獲得這份禮物的情境及其所以珍貴的意義，那就糗大啦！

分析近年來的作文題目，概分三種：

1. **完全命題**：即一般傳統的命題作文。例如：「最珍貴的禮物」、「颱風夜」、「機會」等。
2. **填充式命題**：命題老師確立一個大方向，由寫作者自行填入寫作的確切對象。例如：我愛○○／我最喜歡的○○/第一次○○等。

3. **自由式命題：**命題老師提出一段引導文字，由寫作者根據說明文句中的要求，自行命題，自行發揮。

值得注意的是，目前的作文趨勢以引導作文為主，不論是完全命題、填充式命題或是自由式命題，在題目之後多附有一段說明文字，針對題目涵義及撰述方向略加說明。在審題時，除了思考題目內涵之外，也必須仔細閱讀這段引導文字。以下，我們針對幾組作文題目，進行審題訓練。

**請寫出下列作文題目的涵義、二項以上的寫作重點，以及最適合表現題目的寫作體裁。**

| | 題目 | 涵義 | 寫作重點 | 體裁 |
|---|---|---|---|---|
| 1. | 飲水思源 | 比喻不忘本 | ・詮釋飲水思源的涵義<br>・說明人為什麼應該飲水思源，並舉例 | 論說文 |
| 2. | 自由與紀律 | 自由：依照自己的意志行事，不受外力拘束或限制<br>紀律：綱紀規章 | ・說明「自由」、「紀律」的社會意義及二者關係<br>・舉例證述只有自由而無紀律的後果；或紀律至上、毫無自由的社會狀況 | 論說文 |
| 3. | 一件發人深省的事 | | | |

| 4. | 5. | 6. | 7. | 8. |
|---|---|---|---|---|
| 十字路口 | 橋 | 最珍貴的禮物 | 體諒別人的辛勞 | 印象最深刻的一次競賽 |
| | | | | |
| | | | | |
| | | | | |

## 活動二 文學解剖臺

革命家說：「破壞是建設的開始。」解構派學者說：「解構是結構的開始。」這兩派說法點出一項人生至理：人類的歷史進程，是由破壞拆解與更新建構，二者不斷的循環遞進所形成的。同學們小時候都有玩玩具的經驗，一件機器人或小火車，當你能夠研究出它的結構、把它拆解下來，就能再重新組裝回去，甚至能組裝出更精巧的成品。玩具設計專家、汽車設計專家、優秀外科醫生，都是先從拆解、解剖的基礎原理學起的。學習寫作何嘗不然？若不先從分析他人的文章做起，則寫作進程必定曠日費時、徒勞無功；相反地，若能針對手邊正在閱讀的文章，進行解析分段的訓練，積累日久，腦中自然充滿各種文章的基本架構與脈絡，下筆便能如行雲流水，層次分明。下面我們就來玩玩解剖文章的遊戲吧！

**㈠短文重組** 請依據下列文句之間的轉承關係，排成最恰當的順序，並標示序號。

**〈句點、嘆號、問號〉** （內容節錄自劉墉《螢窗小語》）

| 文句 | 說明（判斷關鍵） | 序號 |
| --- | --- | --- |
| 生命就像是一篇文章，在文章結尾有些人用的是句點， | 首句承接題目而來，依「句點、嘆號、問號」順序尋找，即可得正確文句排序方式。 | |
| 岳飛、王勃，壯志未酬身先死，所以是驚嘆號； | | |
| 至於不知為何來到這個世界，又懵懵懂懂過了一輩子的人，只好以問號來結束了。 | | |
| 有些人用的是驚嘆號，更有些人以問號來結束。 | | |
| 孔子、孟子是聖人，他們建立了自己的思想體系，所以用的是句點； | | |

〈沉默〉（內容節錄自劉墉《螢窗小語》）

| 文句 | 說明（判斷關鍵） | 序號 |
| --- | --- | --- |
| 愚者與懦弱者的沉默則是無知與退避。 | 「則」字常用於複句的後句 | |
| 智者與愚者的沉默、 | 句意承接自首句而來 | |
| 但是所有偉大的沉默都應該伴以一個偉大的行動，如果永遠沉默下去， | 「但是……如果……就」形成一組關係句 | |
| 同樣是沉默， | 承接題目破題 | |
| 勇者與弱者的沉默卻不相同。 | 由句末句點及結論，可知是「、」之後的承接 | |
| 就沒有智愚的分別了。 | 承接第6句的小結論 | |
| 勇者與智者的沉默可能是睿智的思索，力量的積蓄； | 前句，勇者智者在前 | |

**(二)解剖文章段落**　下列文章皆出自國中國文教材，請根據你的課堂閱讀經驗，寫出文章的體裁、題材、主旨及段落大意。

**宋晶宜〈雅量〉**

| | 內容 | 段落大意 |
| --- | --- | --- |
| 一 | 朋友買了一件衣料，綠色的底子帶白色方格，當她拿給我們看時，一位對圍棋十分感興趣的同學說： | |

| | | |
|---|---|---|
| | 「啊，好像棋盤似的。」<br>「我看倒有點像稿紙。」我說。<br>「真像一塊塊綠豆糕。」一位外號叫「大食客」的同學緊接著說。<br>我們不禁哄堂大笑，同樣的一件衣料，每個人卻有不同的感覺。那位朋友連忙把衣料用紙包好，她覺得衣料就是衣料，不是棋盤，也不是稿紙，更不是綠豆糕。 | |
| 二 | 人人的欣賞觀點不盡相同，那是和個人的性格與生活環境有關。 | |
| 三 | 如果經常逛布店的話，便會發現很少有一匹布沒有人選購過，換句話說，任何質地或花色的衣料，都有人欣賞它。<br>一位鞋店的老闆曾指著櫥窗裡一雙式樣毫不漂亮的鞋子說：「無論怎麼難看的樣子，還是有人喜歡，所以不怕賣不出去。」 | |
| 四 | 就以「人」來說，又何嘗不是如此？也許我們看某人不順眼，但是在其男友或女友心中，往往認為恰如「天仙」或「白馬王子」般地完美無缺。 | |
| 五 | 人總會去尋求自己喜歡的事物，每個人的看法或觀點不同，並沒有什麼關係，重要的是——人與人之間，應該有彼此容忍和尊重對方的看法與觀點的雅量。 | |

| | |
|---|---|
| 六 | 如果他能從這扇門望見日出的美景，你又何必要求他走向那扇窗去聆聽鳥鳴呢？你聽你的鳥鳴，他看他的日出，彼此都會有等量的美的感受。人與人偶有摩擦，往往都是由於缺乏那份雅量的緣故。 |
| | |

*文章體裁——

*文章題材——

*文章主旨——

**韓愈〈馬說〉**

| | 內容 | 段落大意 |
|---|---|---|
| 一 | 世有伯樂，然後有千里馬。千里馬常有，而伯樂不常有。故雖有名馬，秖辱於奴隸人之手，駢死與槽櫪之間，不以千里稱也。 | |
| 二 | 馬之千里者，一食或盡粟一石。食馬者，不知其能千里而食也。是馬也，雖有千里之能，食不飽，力不足，才美不外見，且欲與常馬等不可得，安求其能千里也。 | |
| 三 | 策之不以其道，食之不能盡其材，鳴之而不能通其意，執策而臨之曰：「天下無馬。」嗚呼！其真無馬耶？其真不知馬也！ | |

＊文章體裁——

＊文章題材——

＊文章主旨——

**洪醒夫〈紙船印象〉**

| | 內容 | 段落大意 |
|---|---|---|
| 一 | 每個人的一生都會遭遇許多事，有些是過眼雲煙，倏忽即逝；有些是熱鐵烙膚，記憶長存；有些像是飛鳥掠過天邊，漸去漸遠。而有一些事，卻像夏日的小河、冬天的落葉，像春花，也像秋草，似無所見，又非視而不見——童年的許多細碎事物，大體如此，不去想，什麼都沒有，一旦思想起，便歷歷如繪。 | |
| 二 | 紙船是其中之一。我曾經有過許多紙船，在童年的無三尺浪的簷下水道航行，使我幼時的雨天時光，特別顯得亮麗充實，讓人眷戀。 | |
| 三 | 那時，我們住的是低矮簡陋的農舍，簷下無排水溝，庭院未鋪柏油，一下雨，便泥濘不堪。屋頂上的雨水滴落下來，卻理直氣壯的在簷下匯成一道水流，水流因雨勢而定，或急或緩，或大或小。我們在水道上放紙船遊戲，花色斑雜者，形態怪異者，氣派儼然者，甫經下水即遭沉沒者，各色各樣的紙船或列隊而出，或千里單騎，或比肩齊步，或互相追逐，或者乾脆是曹操的戰艦——首尾相連。形形色色，蔚為壯觀。我們所得到的，是真正的快樂。 | |

| | | |
|---|---|---|
| 四 | 這些紙船都是有感情的，因為它們大都出自母親的巧思和那雙粗糙不堪、結著厚繭的手。母親摺船給孩子，讓孩子在雨天裡也有笑聲，這種美麗的感情要到年事稍長後才能體會出來，也許那雨一下就是十天半月，農作物都有被淋壞、被淹死的可能，母親心裡正掛記這些事，煩亂憂愁不堪，但她仍然平靜和氣的為孩子摺船，摺成比別的孩子所擁有的還要漂亮的紙船，好讓孩子高興。 | |
| 五 | 童年舊事，歷歷在目，而今早已年過而立，自然不再是涎著臉要求母親摺紙船的年紀。只盼望自己能以母親的心情，為子女摺出一艘艘未必漂亮但卻堅強的、禁得住風雨的船，如此，便不致愧對紙船了。 | |

*文章體裁——

*文章題材——

*文章主旨——

**李潼〈瑞穗的靜夜〉**

| | 內　容 | 段落大意 |
|---|---|---|
| 一 | 那年，經過一場激烈的競爭，我們總算考上這鄉間一所理想的學校。少年單純，還不懂得掩飾喜悅，甚至連驕傲也壓不住。放榜之後，像一隻隻新添華美的羽毛的小公雞，四處呱呱叫，四處去招搖，為了慶祝這場勝利，我們四個好友結伴到瑞穗溫泉露營。 | |

| 段 | 原文 | |
|---|---|---|
| 二 | 那天晚上，真不巧，山腰竟然下起大雨。剛剛燃起的營火被打熄了，營地泥濘，連帳篷也滲水，只好草草收拾，退到松林深處的日式小旅館投宿。 | |
| 三 | 情景是有點狼狽，但興致未減。洗過溫泉，換上乾爽衣服，我們依然說笑打鬧，在木板迴廊上追逐嬉戲，整座小木屋被我們踩得碰碰響。 | |
| 四 | 就在這時，旅館的老闆出現在門口，制止我們再玩下去。他面容和善，但我們明白，他是當真的。大夥只好很不是滋味地噤聲躡足，各自回房。但是我沒走，猶自留在迴廊發呆，好讓老闆知道我不甘心！ | |
| 五 | 松林裡的雨夜，格外沉靜，溫泉水煙貼伏著坡地，如湖波緩緩湧去，五里外的小鎮燈火，在松針稀疏處閃爍；我不曾見過這般靜美的景象，凝視中，彷彿信手掀開落地帷幕；原以為舞臺上空無一物，誰知布景早已妥當；一時仍不相信，只有失措張望。我想離開，卻又被窸窸窣窣的一些聲音喚住。那些輕細的聲響來自松林的深處與近處，來自溫泉的水煙裡，來自懸空的地板和垂掛雨珠的屋簷。於是，我坐下來，靜靜聽、靜靜看。 | |
| 六 | 在這之前，我從來不知，我是可以不喧嘩的，可以將耳目精敏到這個程度，讓心思澄明得像一面鏡子，清晰反照童年往事，也隱隱顯現未來的路。 | |
| 七 | 我第一次嘗到沉靜的美味，在這個身心不安的少年時代，此後，我時時品嘗，從中成全了許多事。 | |

＊文章體裁——
＊文章題材——
＊文章主旨——

## 活動四 童話迷宮

### 文章材料的組織

破壞之後的建設，才是社會進步的契機；解構之後的組織，才是創造優美文章的關鍵。學會文章段落的分析之後，這個單元我們要來練習如何增補情節內容、豐腴描述、充實文章的方法！童話，是最好的練習題材，它們伴隨著我們長大，仙度拉、彼得潘、小美人魚、白雪公主、小紅帽……構築了我們童年喜怒哀樂的節奏。當我們要練習文章的拆裝與組裝時，這些熟悉的故事情節提供了最好的素材，在家閒來無事時，抓取一則童話，顛覆情節或添補描述，都是很好的寫作練習！現在就讓我們進入童話世界，重新建構童話內容吧！

### 綜合練習四

針對下列故事中人物事件，根據要求，描寫一段故事情節。（請特別注意人物心理、語言、動作、景物的描寫……。）

1. **安徒生童話〈賣火柴的小女孩〉**

**時間：**冬天夜晚

**人物：**小女孩

**事件**：賣火柴

**地點**：街上

**故事要旨**：透過小女孩賣火柴的過程，凸顯社會底層貧窮生活的悲苦與無助！

**注意事項**：寫作此文，請避免抽象的形容詞，盡量以描繪具體形象，來彰顯故事意旨。可以描寫耶誕前夕家家戶戶的歡樂景象及嚴寒雪夜中的冷清孤寂畫面以作對比；可以從女孩的衣著、舉止、眼神、路人對白、事件的過程與結局、行人的舉止、馬車過境、富裕人家的櫥窗……等各層面的描繪，來彰顯女孩貧困無助的悲涼境況，以襯托故事主旨。

【範例】

在一個寒冷的冬天裡，某個熱鬧的街道，因為明天就是聖誕節，所以街上都是人群，街道被擠得水泄不通。在其中，有一位身著破爛衣裳，赤著雙腳的小女孩，向身旁匆促經過的人們，輕柔且虛弱的說道：「有沒有人要火柴？」但，匆匆經過的人們卻視而不見，彷彿沒有聽到似的，小女孩已賣了整個下午，卻連一盒也沒賣出去。她虛弱的離開人群，在一戶人家旁坐了下來，她微微聽見屋裡傳出的笑聲，轉過去一看，屋裡有一位年紀和她差不多大的女孩，手裡捧著提前拿到的聖誕禮物，她的父母親摟著她，一家人開心的聊天，屋裡瀰漫著溫暖的氣氛。賣火柴的小女孩看看那女孩身上的新衣物，是如此的溫暖，她看看自己，滿是補丁的陳舊衣裙和凍得青一塊、紫一塊的雙腳，也想到她從未拿過禮物，此時，小女孩蜷著瘦小身軀，獨自靜靜的落下斗大的淚珠。

……

**評語**：對比技巧運用頗佳，文末藉外在形貌的描寫來襯托內心的無助，筆法甚佳。

【試作】（〈賣火柴的小女孩〉完成版可參見附錄一）

2. **德國童話〈三隻小豬〉**

**主角：**第一隻小豬：懶惰嗜睡

第二隻小豬：貪吃好玩

第三隻小豬：聰明勤勞

**衝突性角色：**大野狼

**故事要旨：**透過三隻小豬的遭遇，警惕世人「貪懶的人必定失敗，唯有勤勉才能自立自救」的道理。

**注意事項：**寫作此文，不可出現「懶惰嗜睡」、「貪吃好玩」、「聰明勤勞」等字眼，但必須透過各隻小豬所搭建的小屋材質、其中裝潢、及小豬的對話舉止的描摹，來表現這三隻小豬截然不同的性格。

【範例】〈豬二哥蓋房子〉

扛著一袋又一袋的可樂糖，豬二哥要準備蓋出他心目中最理想的大房子了。在扛可樂糖的路途中，經過一間拉麵館，窗外擺放著五花八門的拉麵，他把快流出的口水嚥下，想盡早把房子建好，但腳卻不聽使喚，還是走進店裡了。

吃完拉麵之後，豬二哥走著走著發現了一塊很棒的地，因為旁邊是一條美食街和一棟放滿電動的大樓，他停下來，在那塊地上做記號，被旁邊的事物吸引，又想：「玩完、吃完再回來蓋吧！」沒想到才玩到一半，大野狼就發現他了，把他抓走。（衛理女中・吳佩軒）

**評語：**刻畫第二隻小豬貪吃懶惰的形象極為鮮活、生動。

【試作】

## 活動五　鐵筆銀鉤

同學們看到作文題目，透過「自由聯想」列出許多相關的素材與情節時，同時也要思考一件事：我這篇文章打算用論說文、抒情文、還是記敘文來寫？不同寫作文體有不同的表現筆法，有的題目只能以一種體裁表現，有的題目卻各種文體都適用；當題目只能用一種文體寫作時，就只能依該文體寫作；倘若作文題目是各種體裁都可表現時，就依自己專長，選擇擅長的文體來表現。近幾年來的作文題目多半都可以用記敘文來寫，所以，我們就先以記敘文為例，探討它的敘述方式。

### ㈠常見的文章開頭法

1. **破題法**：又稱「開門見山法」。同學們初學寫作，這是最容易也是最穩當的方式，一開始就點出文章主題，下文的敘述只要扣緊這個脈絡，就不容易離題。
2. **冒題法**：又稱「埋兵伏將法」。在文章開頭不直接點明題目，先描述事例或過程或說明某種現象道理，再逐步導入題目。

### ㈡記敘文常見的敘述方式

1. **單線式敘述**：按敘述對象的發展次第來描述。不論敘事、懷人、寫物，都可以依據時間先後順序或是空間移轉的不同發展狀況來描寫。這種敘述方法簡便易學，不必耗費時間苦思構想，即可使得文章結構井然、層次分明。但若是不善於裁剪題材，則易流於流水帳式的瑣碎敘述。

2. **輻射式敘述**：以敘述對象為核心，依其不同面向描述。倘若描寫人物，則可依其姓名、外型、個性、好惡、人際……等各層面加以描寫；若是描寫事件，則可依其成因、過程、結果、影響等項類來述說。這種描述方式給予讀者面面俱到、豐富而多元的感覺，文章呈現效果頗佳。但是，在構思組織時必須思考周延、敘述時必須邏輯清晰，否則易流於漫蕪雜亂。

## (三)呼應式的結尾方式

古人常說作文必須有「鳳頭」、「豬肚」、「豹尾」，意即文章開頭宜精彩華美，內容應豐碩、言之有物，而結尾應該迅捷有力。如何使文章結尾精采呢？不妨多多使用呼應的方法，使得文章中一路承題鋪陳之後，在末段回應首段的內涵，則可收首尾一氣呵成之效。下列簡單地介紹幾種呼應的結尾方式。

1. **敘議呼應法**：文章開頭敘述了一個事件或情況，到了文章結尾時再承引這個事件加以說明或是提出意見，收束文章的同時呼應了前文也強化文章的主題。例如：宋晶宜〈雅量〉一文的首段：

朋友買了一件衣料，綠色的底子帶白色方格，當她拿給我們看時，一位對圍棋十分感興趣的同學說：「啊，好像棋盤似的。」「我看倒有點像稿紙。」我說。「真像一塊塊綠豆糕。」一位外號叫「大食客」的同學緊接著說。我們不禁哄堂大笑，同樣的一件衣料，每個人卻有不同的感覺。那位朋友連忙把衣料用紙包好，她覺得衣料就是衣料，不是棋盤，也不是稿紙，更不是綠豆糕。

敘述了朋友買布而發生的眾說紛紜的情況，文章的結尾則是：

如果他能從這扇門望見日出的美景，你又何必要求他走向那扇窗去聆聽鳥鳴呢？你聽你的鳥鳴，他看他的日出，彼此都會有等量的美的感受。人與人偶有摩擦，往往都是由於缺乏那份雅量的緣故。

這段文句承接首段的「同樣的一件衣料，每個人卻有不同的感覺」加以議論，同時再次呼籲「雅量」的主題。

2. **回敘呼應法**：文章首段曾經提出的敘述，在文末再一次重複敘述，以收強調之效。例如：陳黎的〈聲音鐘〉，首段：「我喜歡那些像鐘一般準確出現的小販的叫賣聲」，末段：「我喜歡那些像鐘一般準確出現的小販的叫賣聲」完全一樣的文句，在文章首尾重複出現，讓讀者深刻感受到文中所描述的各種如時鐘一般的聲音，所帶予作者的豐饒興味。

3. **揭示答案式的呼應法**：記敘文描述事物，有時候可以在首段故弄玄虛、賣個關子，不直接點明所描述者是何事、何物，只針對此事此物作各種層面的描寫，待到文末再來揭示答案。這個技巧倘運用得當，可以使文章懸宕有趣。

4. **情景交融式的呼應法**：在文章開頭時，描繪了一個場景，文章中鋪陳了人物事件，並表達了某種情感。到了末段，再回到首段的場景加以描摹，並且重述對此場景中人事的情感，便可以達到情景交融的呼應效果。

請問【綜合練習三】中所引用的文章各使用哪一種開頭法？

答：

## 活動六 文章情境經營

還記得〈賣火柴的小女孩〉故事裡，老師曾經交代過同學們，在描述情節時，必須注意的小技巧嗎？就是善用「對比」，對比可以讓文章的情節更具意境、更深刻感人。如果安徒生不在故事中刻意描繪有錢人家的豪華晚餐，就襯顯不出來小女孩的悲涼淒苦，這是對比的效果！此外，〈賣火柴的小女孩〉（參見附錄一）故事的結尾寫道：「人們看到一個小女孩坐在牆角，雙頰通紅，臉上帶著幸福的微笑，凍死在聖誕節的夜晚，她的手裡仍握著一把燒過的火柴梗。」握著「火柴梗」呼應了小女孩為了渴求溫暖而劃火柴的舉動，更呼應了故事開頭，她上街賣火柴的情節。「火柴」貫串了全篇故事，是前後文呼應的重要物象，也是重要的象徵意象，使用前後呼應的技巧，可以使文章顯得更通順，而有一氣呵成的效果。

### ㈠對比的運用

請動動你的大腦，想一想在下列的書籍中，哪些部分運用了對比的技巧？

1. 《哈利波特》——
2. 《達文西密碼》——
3. 《魔戒》——

4.《追風箏的孩子》——

5.〈沉默〉——

6.〈瑞穗的靜夜〉——

## (二)呼應的運用

1. 請同學以陳黎〈聲音鐘〉（參見附錄二）一文為例，找出文中使用呼應之處。

答：

2. 請同學指出《追風箏的孩子》（參見附錄三）文句中的呼應處。

答：

以上活動裡，同學們學到了許多訓練寫作能力的小「撇步」！這會兒是否躍躍欲試了呢？（哎！別嘆氣呀！這一系列課程是寫作課不是？難道你們以為是來這兒打漆彈的嗎？）請大夥準備好，拿起五彩筆，揮灑璀璨文章囉!!

## 寫作大綱練習

請從下列題目中挑選一個，嘗試運用「審思題目」→「自由聯想」→「確立中心主旨」→「決定文體」→「選取材料」的步驟，擬定你的寫作大綱，並寫下每一段的第一句話。

1. **填充式題目：**我愛○○／我最喜歡的○○／第一次○○／我這個○○迷／○○記趣／○○之旅／家有○○／○○的故事／○○請聽我說／懷念○○
2. **完全式題目：**最難忘的滋味／最珍貴的禮物／颱風夜／蝴蝶的聯想／擁有／記得當時年紀小／天空／車站／夏天的驟雨／機會／逛夜市／憶好友

**※注意：所擬定的大綱應盡量力求清楚明確，每個段落的首句應盡量力求精美暢達。**

【範例一】

題目：我這個羽球迷

| 段落 | 段落大意 | 首句 |
| --- | --- | --- |
| 第一段 | 沉迷的程度與原因 | 炎熱的夏日午後，冷氣把家裡凍得像冰庫一樣。 |
| 第二段 | 沉迷的經過 | 興高采烈的我帶著兩支新買的球拍蹦蹦跳跳地奔向羽球場。 |
| 第三段 | 結論、得失、感想 | 俗話說：「養兵千日，用在一時」，我努力打羽球，無非是想在羽球界打出自己的一片天。 |

【範例二】

題目：我這個書迷

| 段落 | 段落大意 | 首句 |
| --- | --- | --- |
| 第一段 | 敘述我為何成為書迷？我為書痴迷到了什麼地步？我為何這麼喜愛書？ | 我是一個愛書成痴的小書迷，常常一不小心就被奇妙而無垠的書海所吸引。 |
| 第二段 | 自己曾經為了書做了什麼瘋狂的事情？ | 常常為了看一本小說而整天帶著厚重的書本走來走去，甚至因為沉浸書中而茶不思飯不想。 |
| 第三段 | 看書對自己有何益處？ | 書是通往智慧的道路，多讀書可以讓自己學識淵博、視野寬闊。 |

【習作】

題目：

| 段落 | 段落大意 | 首句 |
| --- | --- | --- |
| 第一段 | | |
| 第二段 | | |
| 第三段 | | |
| | | |
| | | |

【附錄一】〈賣火柴的小女孩〉完成版

聖誕節前夕，一個又冷又黑的晚上，下著雪，刮著北風。

一個沒戴帽子、赤著雙腳的小女孩在街上走著，一雙小腳凍得青一塊、紫一塊，身上穿著破舊單薄的棉衣、棉裙，頭上圍著一條破頭巾，她拉開顫抖而稚嫩的嗓音，沿街叫賣著火柴：「火柴，誰要火柴？」，一整天下來，沒人向她買過一根火柴，沒人理睬過她。

她又餓又凍地向前走，雪花落在金黃的長髮上。她走到一幢樓房的窗前，朝裡張望，啊！屋裡那棵聖誕樹多漂亮啊！一位母親正和兩個孩子在玩耍，那孩子該多幸福啊，桌子上還點著許多彩色的蠟燭，有紅的、黃的、綠的、白的，她最喜歡那些紅色的蠟燭，在桌上格外顯眼。

她不敢回家，因為她沒賣掉一根火柴；況且家裡很冷，風可以從許多地方刮進屋子裡。走著走著，實在又冷又餓，她疲乏地在一座房子的牆角坐了下來，蜷著腿，縮成一團，雪花不斷落在她金黃色頭髮上，她凍得發抖，需要溫暖，哪怕有一根火柴的光和熱也好。她的一雙手幾乎凍僵了。太冷了。她決定劃著一根火柴，讓它燃燒。

清晨，人們看到一個小女孩坐在牆角，雙頰通紅，臉上帶著幸福的微笑，凍死在聖誕節的夜晚，她的手裡仍握著一把燒過的火柴梗。

【附錄二】陳黎〈聲音鐘〉

我喜歡那些像鐘一般準確出現的小販的叫賣聲。

我住的房子面對一條寬幽的大街，後面是一塊小小的空地。平常在家，除了自己偶然放的唱片，日子安靜得像掛在壁上的月曆。時間的推移總是默默地在不知不覺中進行，你至多只能從天晴時射入斗室內的陽光，它們的寬窄、亮暗來判定時光的腳步；或者假設今天剛好有信，郵差來按門鈴，你知道現在是早上十點半了；或者，如果你那粗心的妻子又忘了帶鑰匙，下班回家在門外大聲喊你，你知道又已經下午四點了。但自從我把書桌從前面的房間移到後面之後，才幾天，我就發覺我的頭腦裡裝了許多新的時鐘。

那是因為走過那塊小小空地的小販的叫賣聲。

那塊小小的空地是後面幾排人家出入的廣場，假日裡孩子們會在那兒玩沙、丟球，除此之外，就幾乎是附近女人家、老人家每日閒聚的特區了。那些小販們總是在這個小空間最需要他們時適時地出現。早起，看完報，你想起自己還沒吃早餐，「豆奶哦，煎包哦，糯米飯哦」的叫賣聲就正好穿過你推開的窗戶，不客氣地進來；而且你知道這是用純正臺灣國語呼叫的「中華臺北版」早餐。換個方向，你也許聽到一輛緩緩駛近的小汽車，開著一臺錄音機嬌滴滴地喊著：「最好吃的美心麵包，最好吃的美心三明治，請來吃最好吃的美心巧克力蛋糕，美心冰淇淋蛋糕……」時間一到，這些叫賣聲就像報時的鐘一般準確地出現。

但這些鐘可不是一成不變地只會敲著「噹、噹、噹」的聲音，或者每隔一個鐘頭伸出一隻小鳥，「布穀、布穀」地向你報時。他們的報時方式、出現時機，是和這有情世界一樣充滿變化與趣味的。他們構築的不是物理的時間，而是人性——或者更準確地說——心情的時間。就拿在蚵仔麵線之後出現的賣芭樂的老阿伯為例吧，那清脆、鄉土的叫喊雖然只有幾個音節，但宛轉有致的抑揚頓挫卻讓你以為回到了古典臺灣。你聽，那一聲聲拉長的吟唱：「鹹——芭樂，鹹——甜——脆——，甘——的哦！」這簡直是人間天籟，臺語的瑰寶——具體而微地把整個民族、整塊土地的生命濃縮進一句呼喊。如果你在心裡一遍遍學著，你一定可以聽到跟〈牛犁歌〉或〈丟丟銅仔〉一樣鮮活有趣的旋律。

過了下午，乍暖還寒，此起彼落的叫賣聲就更加豐富了。一下子你吃到熱騰騰的「肉圓，豬血湯，四神湯哦」；一下子冷卻下來，變成「芋粿，紅豆仔粿，紅豆米糕」，或者清甜可口的「杏仁露，綠豆露，涼的愛玉哦」。那位賣蝦仁羹的歐巴桑的叫賣聲恐怕是最平板無奇的，但還沒看到她就拿著大碗小碗衝出來的大人小孩，每天不知凡幾。她的蝦仁羹，據「羹學界」人士表示，是確實「料好，味好，臺灣第一」的。

碰到颱風下雨，這些鐘自然也有停擺、慢擺或亂擺的時候。他甚至跟你惡作劇。在跟你心情一樣明亮、美好的日子裡，你忽然發現早該出現的叫賣聲一直沒有出現，這時你就會強烈懷念起——譬如說，那推著手推車，一邊搖著鐵片罐子，一邊喊「阿——奇毛」的賣烤番薯的老頭了。你甚至擔心他是不是太老了，太累了，生病了，以至於不能出來賣了。但就在你懷疑、納悶的時候，那熟悉的聲音也許又出現了。

這些聲音鐘不但告訴你時刻，也告訴你星期、季節。慢條斯理，喊著「修理沙發哦」的車子經過時，你知道又是週末了。賣麥芽糖、鹹橄欖粉的照例在星期三出現；賣衛生紙與賣豆腐乳的，都是在星期天下午到達。昨天晚上你也許還吃著燒仙草，今天你忽然聽到他改叫「冷豆花哦」——這一叫，又讓你驚覺春天的確來了。時鐘，日曆，月曆。這些美妙的叫賣聲，活潑、快樂地在每日生活的舞臺裡翻滾跳躍。他們像陽光、綠野、花一樣，是這有活力的城市，有活力的人間，不可或缺的色彩。

我喜歡聽那些像鐘一般準確出現的小販的叫賣聲。

【附錄三】卡勒德．胡賽《追風箏的孩子》

我成為今天的我，是在十二歲那年，一九七五年冬季一個嚴寒陰鬱的日子。我精確記得那一刻，蹲伏在一堵崩塌的泥牆後面，偷偷望著結冰的小溪畔那條小徑。那已經是很久以前的事了，但是我已然明瞭，大家對於往事、對於一切皆可埋葬的說法，都是錯的。因為往事總會自己悄悄爬出來。此刻回首，我領悟到過去的二十六年，我依然偷偷望著那條荒無人跡的小徑。

去年夏天，有一天，我的朋友拉辛汗從巴基斯坦打電話給我。他要我回去看他。站在廚房裡，聽筒貼著耳朵，我知道在電話線上的不只是拉辛汗。還有我罪孽未贖的過往。掛掉電話之後，我出門散步，沿著金門大橋北端的斯普瑞柯湖走。正午剛過的陽光在水面粼粼閃耀，數十艘模型船被爽朗的微風吹動著航行。我抬起頭，看見一對風箏，紅色的，拖著長長的藍尾巴，扶搖直上青天。風箏高高飛舞，越過公園西端的樹，越過風車，併肩翱翔，像一對眼睛俯視著舊金山，這個我現在稱之為家的城市。突然之間，哈山的聲音在我耳畔低語：為你，千千萬萬遍。哈山，兔唇的哈山，追風箏的孩子。

我在公園裡找了一張長椅坐下，就在一棵柳樹旁。我想起拉辛汗掛掉電話之前所說的話，再三思索。事情總會好轉的。我仰望那一對風箏。我想到哈山，想到爸爸，阿里，喀布爾。我想到我在一九七五年冬季來臨之前的生活，然後一切都改變了。讓我變成今天的我。

# 作文七忌六宜

談起作文，當今學子鮮少有不聞之色變、疾首蹙額者。同學們懼怕寫作，而偏偏升學謀職、企劃規策、開拓事業……都需要通暢的文字表達能力，想在求學及人生道上步步履夷，甚至騰駕青雲，掌馭文字的能力恐怕是關鍵之一。即便有人厭惡動輒談論競爭力，也無意於鳶飛唳天的榮利生活；培養描摹抒情的寫作才力，能夠時時以文字書寫生命中的悲喜感動，也是真實的人生成就與快樂！那麼，如何信筆揮灑，即能織就佳篇錦文呢？以下，老師提供幾點建議，供同學們參考，希望同學在執筆行文時能有所裨益：

## 作文七忌

1. **忌胡編亂造**：天馬行空、信筆雌黃的文章，其情節往往悖離情理，不合邏輯，令人難以卒讀，若是應試作文，則批閱老師痛苦難堪之際，考生後果可以想見。
2. **忌抄襲**：將他人文章，成篇成段地搬套入文，套得通順者，亦難免千篇一律、了無新意之失；若是生搬硬套，與原題目扞格不容，則作文便成牛頭搭馬嘴，全然不對位。
3. **忌筆隨意走**：想到哪寫到哪，除非稟賦英睿如蘇東坡、李太白之流或是博學厚積、錘鍊功深如杜工部之儔；否則，縱筆的結果，必是支離破裂的「雜碎」拼盤。
4. **忌好高騖遠、逞意求新**：雖說作文貴有新意，不宜千文一貌，但倘若一味追求立異標新、與眾不同，稍一不慎，極可能墮入「文不對題」或「艱澀冷僻」之失。
5. **忌偏激主觀、強詞狡辯**：論說文尤應戒慎，行文說理當求氣勢磅礡，以收說服之功；倘立論偏頗、詖詞奪理，則此文不看也罷。

6. **忌裝腔作勢、無病呻吟**：內心實無真情，行文中卻充滿呼天搶地、肝腸寸斷的描繪，讀者看來，必然也無動於衷，視為「莊肖維」一族！

7. **忌率爾操觚**：許多學子考場應試，心緒焦慮，未及精確審題、構思周延，即匆促下筆，便常有誤看題目、誤判題意的「慘劇」發生。

## 作文六宜

1. **宜謹慎審題、縝密構思**：如「文學化妝師」單元所述，落筆之前，應當精確掌握題旨、審慎擇取文料、構思段落大綱，如此才可避免離題、瑣碎、不知所云的缺失。

2. **宜自日常生活中取材**：眼、耳、鼻、舌、身、意等感官，感觸周遭事物，所挹引出緩急輕重的生活步調、喜怒哀樂的心緒節奏，凡此所思所興，皆可入文；與自己的生命軌跡相交接的人、事、物、景，也皆是描摹的適切對象。書寫生活題材，情感熟悉，熟則易生巧思，容易寫得情理通暢、生動栩然，袁枚說：「夕陽芳草尋常物，解用都為絕妙詞」這「解用」的靈感多半來自親身經歷的熟悉感吧！

3. **扣題宜早**：尤以應試作文為是，考場應試，心緒焦躁，恍惚之間，難免走筆岔題，迨通篇揮就，始驚覺離題，則悔之已晚。不如開門見山，直扣題旨，承旨鋪述即可穩當得分。

4. **宜修潤文句，以成文章斐然雅致之美**：成章之後，務必通篇檢視，除了糾舉錯別字之外，也當斟酌詞彙，舉凡火星文、注音文、圖象文，於正式作文中皆不宜出現。過於口語的文辭及冗贅語句，皆應當潤飾修裁。

5. **宜書寫端整、保持篇幅潔淨**：字跡潦草、處處塗改的作品，不僅影響作品觀瞻；也容易予人行事莽率、敬慎不足的負面印象。

6. **宜廣讀勤練**：杜甫老爺爺說：「讀書破萬卷，下筆如有神」，可見精美文章來自閱讀、積累的功夫。同學們平日當廣讀文章書籍，擷取廣博知識、涵泳悠遠情境、嘆賞精妙詞采；並且進而仿作：仿句、仿段、仿章節、仿技法，積累日久，則下筆時便有源源不盡的靈思，如有神助。

學了這麼多寫作的技巧與訣竅，再加上充分的練習，想必你們對如何寫文章已有了些許概念，下筆時不再搔首踟躕、索盡腦中神經迴路而依然毫無思緒了。然而，人生無朝夕可及的成功，讀書、寫作、創業、立功，莫不如此。寫作，靠的是長期的積累練習，「真積力久則入」，勤讀、勤學、勤寫，持之恆久，你們就能掌握文字，能掌握文字，就能掌握自己生命的脈動，進而創造屬於自己的人生節奏！祝福你們！

心得筆記欄

# 第五單元

# 創作達人團

## 課程目標

* 透過對古今佳作的賞析，提升學生掌握文章情、思的能力。
* 導引學生發現自我。
* 運用前面課程中學習的文字技巧，精準表達所思所感。

## 活動一 白楊樹的倒影——生命的千姿百態

名作家龍應台在她的作品〈在迷宮中仰望星斗〉中，用「白楊樹的湖中倒影」來比喻文學。龍應台認為：白楊樹是實體的世界，白楊樹的倒影則永遠以不同的形狀，不同的深淺，不同的質感出現。完全隨著風的吹起，天氣的雲、雨、陰、晴而變幻，或是破碎的，或是迴旋的，或是若有若無的。兩者事實上是相互映照、同時存在的。但我們通常卻只活在一個現實裡頭，就是岸上白楊樹的那個層面——手可以摸到、眼睛可以看到。而往往忽略了水裡頭那個「空」的，那個隨時千變萬化的，那個與我們的心靈直接觀照的倒影的層面。

文學的功能就是提醒我們：除了岸上的白楊樹外，有另外一個世界可能更真實存在，並且將它呈現。

本書前面的單元，是從字、詞、句等最易犯的錯誤著手，指導同學如何簡明清晰的掌握它的正確用法；如何將腦海中的意象，轉化為文字的陳述；如何透過修辭技巧，去除冗贅的口語，強化文字元素，使文章達到精煉優美的境界，但若沒有真摯的情感或深刻的思想，這篇文章仍舊是沒有意義的。因為只有真摯深刻的情思，才是文章不朽的價值所在。

情思常在廣博的閱讀中培養，在生活的鍾鍊中深化，且讓我們扮演柯南，一起來尋找這些名作中讓我們感動的元素吧！

下面四首詩詞，各有不同的生命意境。深情如一，對象不同；興亡盛衰，感慨不同。請同學一一尋思，練習從文意中尋思它們不同的情感與思想：

1. **元好問〈雁丘辭〉**

問世間，情為何物，直教生死相許。
天南地北雙飛客，老翅幾回寒暑。
歡樂趣，離別苦，就中更有痴兒女。
君應有語，渺萬里層雲。
千山暮雪，隻影為誰去？

答：

2. **岳飛〈滿江紅〉**

怒髮衝冠，憑闌處，瀟瀟雨歇。
抬望眼，仰天長嘯，壯懷激烈。
三十功名塵與土，八千里路雲和月。
莫等閒，白了少年頭，空悲切！
靖康恥，猶未雪。
臣子恨，何時滅？
駕長車，踏破賀蘭山缺。
壯志飢餐胡虜肉，笑談渴飲匈奴血。
待從頭、收拾舊山河，朝天闕！

答：

3. **劉禹錫〈烏衣巷〉**

朱雀橋邊野草花，
烏衣巷口夕陽斜。
舊時王謝堂前燕，
飛入尋常百姓家。

答：

4. **楊慎〈三國演義卷頭詩〉**

滾滾長江東逝水，浪花淘盡英雄。
是非成敗轉頭空，青山依舊在，幾度夕陽紅？
白髮漁樵江渚上，慣看秋月春風。
一壺濁酒喜相逢，古今多少事，都付笑談中。

答：

「人生不如意事十之八九」，不論你家世顯赫或才高八斗，在生命歷程中都很難避免挫折，而且確實滋味苦澀，有人甚至一蹶不振。因此，及早鍛鍊心志，使自己面對挫折時堅強有韌性，一生將獲益無窮。

當我們閱讀古文，常能觀察到前人面對逆境時不同的處理方式。他們往往站在生命的制高點上，呈現出來的胸襟懷抱，值得我們學習：蘇軾的詩詞散文，皆為當代之最，才華洋溢，曠世難尋；而生平遭逢之不順，亦非一般。面對如此不公平的境遇，他如何釋懷？歐陽脩為一代文宗，其為文雖溫雅蘊藉，為人則是非取捨之間一絲不苟，但宦途亦多坎坷，他何以自處？

看一看，想一想！

1. **蘇東坡〈前赤壁賦〉**

壬戌之秋，七月既望，蘇子與客泛舟游於赤壁之下。清風徐來，水波不興。舉酒屬客，誦明月之詩，歌窈窕之章。少焉，月出於東山之上，徘徊於斗牛之間。白露橫江，水光接天。縱一葦之所如，凌萬頃之茫然。浩浩乎如馮虛御風，而不知其所止；飄飄乎如遺世獨立，羽化而登仙。

於是飲酒樂甚，扣舷而歌之。歌曰：「桂棹兮蘭槳，擊空明兮泝流光。渺渺兮予懷，望美人兮天一方。」客有吹洞簫者，倚歌而和之，其聲嗚嗚然，如怨、如慕、如泣、如訴；餘音嫋嫋，不絕如縷；舞幽壑之潛蛟，泣孤舟之嫠婦。

蘇子愀然，正襟危坐而問客曰：「何為其然也？」客曰：「『月明星稀，烏鵲南飛』，此非曹孟德之詩乎？西望夏口，東望武昌，山川相繆，鬱乎蒼蒼。此非孟德之困於周郎者乎？方其破荊州，下江陵，順流而東也，舳艫千里，旌旗蔽空，釃酒臨江，橫槊賦詩，固一世之雄也；而今安在哉！況吾與子漁樵於江渚之上，侶魚蝦而友麋鹿；駕一葉之扁舟，舉匏樽以相屬；寄蜉蝣於天地，渺滄海之一粟。哀吾生之須臾，羨長江之無窮；挾飛仙以遨遊，抱明月而長終；知不可乎驟得，託遺響於悲風。」

蘇子曰：「客亦知夫水與月乎？逝者如斯，而未嘗往也；盈虛者如彼，而卒莫消長也。蓋將自其變者而觀之，則天地曾不能以一瞬；自其不變者而觀之，則物與我皆無盡也。而又何羨乎？且夫天地之間，物各有主，苟非吾之所有，雖一毫而莫取；惟江上之清風，與山間之明月，耳得之而為聲，目遇之而成色，取之無禁，用之不竭，是造物者之無盡藏也，而吾與子之所共適。」

客喜而笑，洗盞更酌。肴核既盡，杯盤狼藉。相與枕藉乎舟中，不知東方之既白。

2. **歐陽脩〈醉翁亭記〉**

環滁皆山也。其西南諸峰，林壑尤美。望之蔚然而深秀者，瑯琊也。山行六、七里，漸聞水聲潺潺而瀉出於兩峰之間者，釀泉也。峰回路轉，有亭翼然臨於泉上者，醉翁亭也。作亭者誰？山之僧智僊也。名之者誰？太守自謂也。太守與客來飲於此，飲少輒醉，而年又最高，故自號曰醉翁也。醉翁之意不在酒，在乎山水之間也。山水之樂，得之心而寓之酒也。

若夫日出而林霏開，雲歸而巖穴暝，晦明變化者，山間之朝暮也。野芳發而幽香，佳木秀而繁陰，風霜高潔，水落而石出者，山間之四時也。朝而往，暮而歸，四時之景不同，而樂亦無窮也。

至於負者歌於途，行者休於樹，前者呼，後者應，傴僂提攜，往來而不絕者，滁人遊也。臨谿而漁，谿深而魚肥；釀泉為酒，泉香而酒洌；山肴野蔌，雜然而前陳者，太守宴也。宴酣之樂，非絲非竹，射者中，弈者勝，觥籌交錯，坐起而喧嘩者，眾賓歡也。蒼然白髮，頹然乎其中者，太守醉也。

已而夕陽在山，人影散亂，太守歸而賓客從也。樹林陰翳，鳴聲上下，遊人去而禽鳥樂也。然而禽鳥知山林之樂，而不知人之樂；人知從太守遊而樂，而不知太守之樂其樂也。醉能同其樂，醒能述以文者，太守也。太守謂誰？盧陵歐陽脩也。

## 綜合練習二

一、兩篇文章中，作者面對生命中的困境，呈現什麼樣的思考方式？在那些文句中呈現？

答：蘇軾〈前赤壁賦〉——

歐陽脩〈醉翁亭記〉——

二、你的生命中遇到過哪些挫折？你的處理方法是？

答：

親情是我們生命歷程中最早接觸又最深切的一種情感，它應該是血濃於水、無可取代、無可比擬的。但在現實中我們會看到許多人倫悲劇，生活中我們也有和父母起衝突的經驗，事後悔恨往往於事無補，傷害已經形成。如何使我們的心靈與父母貼近，如何寬容對待雙方的歧異，是一門需要學習的功課。

陳芳明早年在正規體制教育下，與父親在思想方面格格不入。經過幾番人事歷練，終於在「有樂町」進入父親和作者「斷裂」的歷史情境。他穿透時空，嘗試與父親「相逢」，在詩境的情歌及異國景致中連結「決裂」的橋，感受父親巨大強烈的孤獨。

母親在琦君心中有無比崇高的地位，難以取代，而姨娘背負了造成母親愁苦的原罪，也讓琦君的童年蒙上了一層陰影。琦君如果一生都對此事耿耿於懷，是可以理解的。但琦君卻平順自然的處理了這種複雜的關係，使上一代的恩怨情愁有了美滿的結局，這是一種大智慧。

讓我們透過這兩篇文章，檢視我們對父母的感情吧！

1. **陳芳明〈相逢有樂町〉（節錄）**

在有樂町，我與我父親的時代不期而遇，然後又交錯而過。

……

父親，是我最早的「日本接觸」。他是在殖民地時代受教育的，談話中，臺語與日語交互使用。對孩子的管教，他總是毫不遲疑以鞭子毒打；喝斥的聲音，儼然在指揮軍隊一般。如果這可以稱為我的「日本經驗」，那實在是不快的，而且也近乎恐懼。然而，父親也有他感性的一面。他酷嗜帶孩子遠行，以旅途中之所見來增加我的知識與常識。我之所以能夠較其他兒時的同伴有更多的旅行經驗，純然是父親帶給我的。

我並不清楚，父親對日本是否懷有眷戀？對於世事政治，他絕口不談。他的時代，無疑是充滿窒息、找不到出口的年代。像所有戰後的臺灣男子一樣，都賣命工作，不捨晝夜。深夜裡，偶有查戶口的事件，全家都陷於驚怖的空氣中。戰慄的、無聲的空氣，怵然凝住。在白天，父親卻又好像安然無事，他只是埋首討生活。為了維持一絲做人的尊嚴，父親每天都辛勤不懈。他與他的那一代，大約都是這樣謹慎、苦鬥而存活下來的吧。在忙碌的日子裡，父親很少從容與孩子談過話。多少年來，我一直不知道他是否眷戀著日本？

……

車過有樂町，我不能不想起父親的時代，想起他經歷過的戰爭，想起時代的轉換為他帶來的不安。他未曾提起過少年時的抱負。歷史的狂流，挾沙泥俱下，如果他年輕時有過任何夢想，也一定是被沖刷得無影無蹤了。他不曾在孩子面前頹喪過；只是他暗地裡的喟嘆與感傷，我是聽見過的。他年輕過，當然也像我在青年時期立下過誓願的。那麼戰火攜來的離亂，以及離亂後的怔忡惶惑，恐怕不是我這一代容易去設想的吧。僅僅為了這一點，我就不能不心痛地憶起他在後院獨酌的背影。他背對著家人，背對著遠逝的時代，單獨咀嚼著夢想幻滅後的苦澀、挫折、傷害。

……

也許是在外面商場遭遇了語言的困難，所以他一回家就偏愛聆聽日本歌謠吧。我是在舊式電唱機傳出的平面歌聲中長大的。每想及一九五〇年代，那種硬質唱片播放出來的旋律，仍然會在我的心室裡回響。直到六〇年代，這樣的音樂仍然還未進入立體的階段。從美空雲雀，到小林旭、石原裕次郎，父親似乎都是喜歡聽的。這些歌手所唱的，無非是在發抒戰後日本社會的憧憬、期許、落寞與幻滅。歌頌著愛情，歌頌著生命，也唱出男性的哀愁與振作。這可能才是父親較為熟悉的語言吧，也可能只有這樣的歌才能唱出父親的心情吧。

我被送去受教育之後，接受的價值觀念，可以說與父親的世界扞格不入；甚至可以說，我是被教育來敵視父親的那個時代。我走入了一個讓父親完全感到陌生的天地，一個與他的時代完全疏離、隔閡的天地。當我開始到達塑造人格的年齡時，對於自己早年曾經有過的「日本接觸」，竟產生一種厭煩，一種幾乎是近於輕視的態度。對於他穿越過的扭曲變形的時代，我並沒有學習到絲毫的寬容與諒解。我從書籍知識學來的，從課室黑板上獲得的，便是如何使用貶損的字眼來譴責他的時代。我學會了指控，指控他們那一代是穿著殖民者的服飾，說著殖民者的語言。在他面前，我仍馴服如常。但是，在內心深處，我其實是與他決裂的。唱著〈相逢有樂町〉的父親的背影，恐怕並未察覺他的孩子已經距離他越來越遠了。

我與父親之間的時代斷層，並非只是語言上的，同時也還包括政治、社會、文化、思想上的種種差距。對於我的所學，他顯然沒有發生過興趣。他更不追問，我的知識是不是實用的。在商場風塵裡打滾的他，於六〇年代創造他生命中一段意氣煥發的時光。在那一個時期。我很少看到他陷入落寞的情緒裡。然而，也正好是在那段時間裡，我長大成人，同時初步建立了我自以為是新的、充滿期許的世界。父親與我，從此分別鎖在各自的時代思考裡。他並不在意，他的孩子是不是尊重他的觀念想法。他的孩子用一種矯揉的語言表達他的意見時，他看起來也是那麼無所謂。直到我離家出國，父親與我似乎從來沒有好好坐下來促膝長談。我的離鄉背井，等於是徹底與他的時代決裂了。

到我真正能去思考父親的時代，以及時代投射在他命運裡的陰影時，我已在他鄉浪跡多年了。那時，我翻閱著戰後初期的報紙。在那泛黃、漸趨模糊的鉛字裡，我窺見父親所處社會的魅惑與詭譎。那是一個混沌的、狂亂的時代，又是一個再生的、活力的社會。我終於領悟到，父親的時代是由開放與保守的兩極社會所構成。

他見證到一個高壓的、閉鎖的殖民政權驟然崩壞，也目睹了一股要求秩序重建的意願正在興起。就在朝向建立一個莊嚴社會的道路上，他發現一個帶有敵意的、猜疑的價值體系也逐步形成。對抗的緊張情緒，瀰漫著他所賴以生存的島上。他自以為是樂觀進取的道路，次第變成灰黯、無望的旅程，直到一九四七年的一場流血事件發生過後，父親才確定戰爭之後所給予的許諾，都完全落空了。

他對自己產生了懷疑，但是又找不到答案。在新舊時代的交接過程中，在兩種文化激盪的夾縫裡，父親純然屬於迷失的一代。他保持高度的沉默，與其說是出於恐懼，倒不如說是帶了一分無言的抗議。他日後把自己擒進一個隱密的內心世界，也是種因於那次事件的衝擊吧。只有從這樣的觀點去透視，才能夠解釋當年查戶口時父親的驚惶心情。也只有這樣去理解，我才能夠體會父親在一九五〇年代獨酌時的深沉苦悶。果真如此，父親在酒後低唱著日本的歌謠，就不能視為對日本的眷戀，而應該是受傷的靈魂暗處傳出的呻吟吧。

……

他活在一個所有出口都被封閉的時代，包括他靈魂的井口。他的掙扎與奮鬥，都表現在為了生活而奔波的行動之中。他的無言，足夠反映他的內心。我為自己當年所持的輕蔑，感到無比遺憾，也無比痛心。未能代他發抒心聲，就已值得自譴了；我竟還站在他的傷口落井下石。倘若他知道，內心是不是感到抽痛呢？

在有樂町，我與父親的時代不期而遇，然後又交錯而過。我飛抵了日本，方知我早期的「日本接觸」，實在只是表面的，是虛構的。然而，我終於還是沒有跨越時代的界限，去了解父親的悲愁。歷史的齒輪，無情地把他的世界輾平，輾得支離破碎，終至無聲無息。路過有樂町，正值午夜。我總覺得〈相逢有樂町〉的歌聲，在東京的什麼地方悠然揚起，向著天上，向著人間。

**2. 琦君〈髻〉**

母親年輕的時候，一把青絲梳一條又粗又長的辮子，白天盤成了一個螺絲似的尖髻兒，高高地翹起在後腦，晚上就放下來掛在背後。我睡覺時挨著母親的肩膀，手指頭繞著她的長髮梢玩兒，雙妹牌生髮油的香氣混和著油垢味直薰我的鼻子；有點兒難聞，卻有一分母親陪伴著我的安全感，我就呼呼地睡著了。

每年的七月初七，母親才痛痛快快地洗一次頭。鄉下人的規矩，平常日子可不能洗頭；如洗了頭，髒水流到陰間，閻王要把它儲存起來，等你死以後去喝，只有七月初七洗的頭，髒水才流向東海去。所以一到七月七，家家戶戶的女人都要有一大半天披頭散髮。有的女人披著頭髮美得跟葡萄仙子一樣，有的卻像醜八怪。比如我的五叔婆吧，她既矮小又乾癟，頭髮掉了一大半，卻用墨炭劃出一個四四方方的額角，又把樹皮似的頭頂全抹黑了。洗過頭以後，墨炭全沒有了，亮著半個光禿禿的頭頂，只剩後腦勺一小撮頭髮，飄在背上，在廚房裡搖來晃去幫我母親做飯。我連看都不敢衝她看一眼。可是母親烏油油的柔髮卻像一匹緞子似的垂在肩頭，微風吹來，一綹綹的短髮不時拂著她白嫩的面頰。她瞇起眼睛，用手背攏一下，一會兒又飄過來了。她是近視眼，瞇縫眼兒的時候格外的俏麗。我心裡在想，如果爸爸在家，看見媽媽這一頭烏亮的好髮，一定會上街買一對亮晶晶的水鑽髮夾給她，要她戴上。媽媽一定是戴上了一會兒就不好意思地摘下來。那麼這一對水鑽夾子，不久就會變成我扮新娘的「頭面」了。

父親不久回來了，沒有買水鑽髮夾，卻帶回一位姨娘。她的皮膚好細好白，一頭如雲的柔髮比母親的還要烏，還要亮。兩鬢像蟬翼似的遮住一半耳朵，梳向後面，挽一個大大的橫愛司髻，像一隻大蝙蝠撲蓋著她後半個頭。她送母親一對翡翠耳環。母親只把它收在抽屜裡從來不戴，也不讓我玩。我想大概是她捨不得戴吧。

我們全家搬到杭州以後，母親不必忙廚房，而且許多時候，父親要她出來招呼客人；她那尖尖的螺絲髻兒實在不像樣，所以父親一定要她改梳一個式樣。母親就請她的朋友張伯母給她梳了個鮑魚頭。在當時，鮑魚頭是老太太梳的，母親才過三十歲，卻要打扮成老太太；姨娘看了只是抿嘴兒笑，父親就直皺眉頭。我悄悄地問她：「媽，你為什麼不也梳個橫愛司髻，戴上姨娘送你的翡翠耳環呢？」母親沉著臉說：「你媽是鄉下人，那兒配梳那種摩登的頭，戴那講究的耳環呢？」

姨娘洗頭從不揀七月初七。一個月裡都洗好多次頭。洗完後，一個丫頭在旁邊用一把粉紅色大羽毛扇輕輕地扇著，輕柔的髮絲飄散開來，飄得人起一股軟綿綿的感覺。父親坐在紫檀木榻牀上，端著水煙筒噗噗地抽著，不時偏過頭來看她，眼神裡全是笑。姨娘抹上三花牌髮油，香風四溢，然後坐正身子，對著鏡子盤上一個油光閃亮的愛司髻，我站在邊上都看呆了。姨娘遞給我一瓶三花牌髮油，叫我拿給母親，母親卻把它高高擱在櫥背上，說：「這種新式的頭油，我聞了就泛胃。」

母親不能常常麻煩張伯母，自己梳出來的鮑魚頭緊繃繃的，跟原先的螺絲髻相差有限，別說父親，連我看了都不順眼。那時姨娘已請了個包梳頭劉嫂。劉嫂頭上插一根大紅籤子，一雙大腳鴨子，托著個又矮又胖的身體，走起路來氣喘呼呼的。她每天早上十點鐘來，給姨娘梳各式各樣的頭，什麼鳳凰髻、羽扇髻、同心髻、燕尾髻，常常換樣子，襯托著姨娘細潔的肌膚，嬝嬝婷婷的水蛇腰兒，越發引得父親笑瞇了眼。劉嫂勸母親說：「大太太，你也梳個時髦點的式樣嘛。」母親搖搖頭，響也不響，她噘起厚嘴唇走了。母親不久也由張伯母介紹了一個包梳頭陳嫂。她年紀比劉嫂大，一張黃黃的大扁臉，嘴裡兩顆閃亮的金牙老露在外面，一看就是個愛說話的女人。她一邊梳一邊嘰哩呱啦地從趙老太爺的大少奶奶，說到李參謀長的三姨太；母親像個悶葫蘆似的一句也不搭腔，我卻聽得津津有味。有時劉嫂與陳嫂一起來了，母親和姨娘就在廊前背對著背同時梳頭。只聽姨娘和劉嫂有說有笑，這邊母親只是閉目養神。陳嫂越梳越沒勁兒，不久就辭工不來了，我還清清楚楚地聽見她對劉嫂說：「這麼老古董的鄉下太太，梳什麼包梳頭呢？」我都氣哭了，可是不敢告訴母親。

從那以後，我就墊著矮凳替母親梳頭，梳那最簡單的鮑魚頭。我點起腳尖，從鏡子裡望著母親。她的臉容已不像在鄉下廚房裡忙來忙去時那麼豐潤亮麗了，她的眼睛停在鏡子裡，望著自己出神，不再是瞇縫眼兒的笑了。我手中捏著母親的頭髮，一綹綹地梳理，可是我已懂得，一把小小黃楊木梳，再也理不清母親心中的愁緒。因為在走廊的那一邊，不時飄來父親和姨娘琅琅的笑語聲。

我長大出外讀書以後，寒暑假回家，偶然給母親梳頭，頭髮捏在手心，總覺得愈來愈少。想起幼年時，每年七月初七看母親烏亮的柔髮飄在兩肩，她臉上快樂的神情，心裡不禁一陣陣酸楚。母親見我回來，愁苦的臉上卻不時展開笑容。無論如何，母女相依的時光總是最最幸福的。

在上海求學時，母親來信說她患了風溼病，手膀抬不起來，連最簡單的螺絲髻兒都盤不成樣，只好把稀稀疏疏的幾根短髮剪去了。我捧著信，坐在寄宿舍窗口淒淡的月光裡，寂寞地掉著眼淚。深秋的夜風吹來，我有點冷，披上母親為我織的軟軟的毛衣，渾身又暖和起來。可是母親老了，我卻不能隨侍在她身邊，她剪去了稀疏的短髮，又何嘗剪去滿懷的悲緒呢！

不久，姨娘因事來上海，帶來母親的照片。三年不見，母親已白髮如銀。我呆呆地凝視著照片，滿腔心事，卻無法向眼前的姨娘傾訴。她似乎很體諒我思母之情，絮絮叨叨地和我談著母親的近況。說母親心臟不太好，又有風溼病。所以體力已不大如前。我低頭默默地聽著，想想她就是使我母親一生鬱鬱不樂的人，可是我已經一點都不恨她了。因為自從父親去世以後，母親和姨娘反而成了患難相依的伴侶，母親早已不恨她了。我再仔細看看她，她穿著灰布棉袍，鬢邊戴著一朵白花，頸後垂著的再不是當年多采多姿的鳳凰髻或同心髻，而是一條簡簡單單的香蕉卷，她臉上脂粉不施，顯得十分哀戚；我對她不禁起了無限憐憫。因為她不像我母親是個自甘淡泊的女性，她隨著父親享受了近二十多年的富貴榮華，一朝失去了依傍，她的空虛落寞之感，將更甚於我母親吧。

來臺灣以後，姨娘已成了我唯一的親人，我們住在一起有好幾年。在日式房屋的長廊裡，我看她坐在玻璃窗邊梳頭，她不時用拳頭捶著肩膀說：「手痠得很，真是老了。」老了，她也老了。當年如雲的青絲，如今也漸漸落去，只剩了一小把，且已夾有絲絲白髮。想起在杭州時，她和母親背對著背梳頭，彼此不交一語的仇視日子，轉眼都成過去。人世間，什麼是愛，什麼是恨呢？母親已去世多年，垂垂老去的姨娘，亦終歸走向同一個渺茫不可知的方向，她現在的光陰，比誰都寂寞啊。

我怔怔地望著她，想起她美麗的橫愛司髻，我說：「讓我來替你梳個新的式樣吧。」她愀然一笑說：「我還要那樣時髦幹什麼，那是你們年輕人的事了。」

我能長久年輕嗎？她說這話，一轉眼又是十多年了，我也早已不年輕了。對於人世的愛、憎、貪、癡，已木然無動於衷。母親去我日遠，姨娘的骨灰也已寄存在寂寞的寺院中。這個世界，究竟有什麼是永久的，又有什麼是值得認真的呢？

## 綜合練習三

一、陳芳明與父親的隔閡是怎麼造成的？他在文中呈現了一種什麼樣的省思？你與父親在觀念上也有如此大的歧異嗎？

答：陳芳明〈相逢有樂町〉——

我與父親——

二、琦君的家庭背景其實有點複雜，母親、姨娘之間的恩怨情仇都落在小琦君的眼中，她以什麼態度對待這位破壞母親幸福、童年歡樂的女人？你認同她的處理方式嗎？

答：琦君〈髻〉——

我的看法——

## 活動四 文學裡的愛情觀

愛情可遇而不可求，既想嘗試它甜美的滋味，又畏懼烈焰的灼傷，但它終究是一門生命的功課，無須迴避，只是要做好心理建設。

有人說：「愛情是女人生命的全部，卻是男人生命的一部分」，真的嗎？這個觀念也許肇因於過去封閉的環境；也許和男女的特質有關。讓我們借助這兩首新詩，探討一下愛情的撲朔迷離吧！

1. **鄭愁予〈錯誤〉**

　　我打江南走過
　那等在季節裡的容顏如蓮花的開落
東風不來，三月的柳絮不飛
你底心如小小的寂寞的城

恰若青石的街道向晚
跫音不響，三月的春帷不揭
你底心是小小的窗扉緊掩
我達達的馬蹄是美麗的錯誤
我不是歸人，是個過客……

2. **席慕蓉〈一棵開花的樹〉**

如何讓你遇見我
在我最美麗的時刻　為這
我已在佛前　求了五百年
求祂讓我們結一段塵緣

佛於是把我化作一棵樹
長在你必經的路旁
陽光下慎重地開滿了花
朵朵都是我前世的盼望

當你走近　請你細聽
那顫抖的葉是我等待的熱情
而當你終於無視地走過

**〈一棵開花的樹〉的另一種讀法**

先要說明，①把這首詩當作一首情詩，並無錯誤。②一個寫詩的人也無須在詩成之後多作解釋。只是，如今被特別選出作為「愛情」中男女角色特質的「範例」之時，才忍不住想向讀者提供另一種讀法，作為參考。

多年前，搭火車經過苗栗山區，穿越長長的山洞之後，我偶爾回頭仰望，只見山坡高處，有棵長得又高大又圓滿的油桐，正開滿了一樹的白花，襯著晴空麗日，是一種慎重又狂熱的綻放。可惜火車一轉彎之後，就看不見了，然而，這棵樹卻讓我久久懷想，因而有了這一首詩。

席慕蓉
二〇〇六年八月二十五日

在你身後落了一地的
朋友啊　那不是花瓣
是我凋零的心

## 綜合練習四

同樣面對愛情，鄭愁予和席慕蓉採取的觀點有何不同？你認為原因是什麼？你對愛情的看法是？

答：鄭愁予〈錯誤〉——

席慕蓉〈一棵開花的樹〉——

我的看法——

## 活動五 文學裡的金錢觀

「金錢是萬惡的淵藪」，金錢的重要，沒有人能夠否認，但金錢帶來的罪惡與困擾也是事實。如何建立正確的金錢觀，役物而不役於物，是現代人重要的一課。

在垂世不朽的詩文中，我們也看到了金錢的蹤影，試舉兩首名詩，探討一下他們對金錢的態度，比較一下詩中呈現出來的思想高度。

1. **杜甫〈茅屋為秋風所破歌〉**

八月秋高風怒號，捲我屋上三重茅。
茅飛渡江灑江郊，高者掛罥長林梢，下者飄轉沉塘坳。
南村群童欺我老無力，忍能對面為盜賊。
公然抱茅入竹去，脣焦口燥呼不得。歸來倚杖自嘆息。
俄頃風定雲墨色，秋天漠漠向昏黑。
布衾多年冷似鐵，嬌兒惡臥踏裡裂。
床頭屋漏無乾處，雨腳如麻未斷絕。
自經喪亂少睡眠，長夜沾濕何由徹！
安得廣廈千萬間，大庇天下寒士俱歡顏，風雨不動安如山！
嗚呼！何時眼前突兀見此屋，吾廬獨破受凍死亦足！

2. 李白〈將進酒〉

君不見、黃河之水天上來，奔流到海不復回？
君不見、高堂明鏡悲白髮，朝如青絲暮成雪？
人生得意須盡歡，莫使金樽空對月。
天生我材必有用，千金散盡還復來。
烹羊宰牛且為樂，會須一飲三百杯。
岑夫子，丹丘生，
將進酒，君莫停。
與君歌一曲，請君為我側耳聽：
鐘鼓饌玉不足貴，但願長醉不願醒。
古來聖賢皆寂寞，惟有飲者留其名。
陳王昔時宴平樂，斗酒十千恣歡謔。
主人何為言少錢？徑須沽取對君酌。
五花馬，千金裘，
呼兒將出換美酒，與爾同銷萬古愁。

面對錢財，杜甫與李白所抱持的態度有何不同？你對金錢的看法是？

答：杜甫〈茅屋為秋風所破歌〉——

李白〈將進酒〉——

我的看法——

## 活動六 文學裡的戰爭觀

遠古時代的人，就懂得拿石頭、樹枝當作武器，爭奪地盤、搶奪婦女。現代戰爭則更是慘烈，整個城市可以毀於旦夕。戰爭是人類最大的惡！

文學中描繪戰爭場景的作品不計其數，但著眼點各不相同。有人痛陳戰爭帶來的家破人亡，有人卻又歌詠戰士的英勇無匹，為什麼呢？

請看看這兩篇作品：

1. **屈原〈國殤〉**

操吳戈兮被犀甲，車錯轂兮短兵接。
旌蔽日兮敵若雲，矢交墜兮士爭先。
凌余陣兮躐余行，左驂殪兮右刃傷。
霾兩輪兮縶四馬，援玉枹兮擊鳴鼓。
天時墜兮威靈怒，嚴殺盡兮棄原壄。
出不入兮往不反，平原忽兮路超遠。
帶長劍兮挾秦弓，首身離兮心不懲。
誠既勇兮又以武，終剛強兮不可凌。
身既死兮神以靈，子魂魄兮為鬼雄。

2. **杜甫〈垂老別〉**

四郊未寧靜，垂老不得安。
子孫陣亡盡，焉用身獨完！
投杖出門去，同行為辛酸。
幸有牙齒存，所悲骨髓乾。
男兒既介冑，長揖別上官。
老妻臥路啼，歲暮衣裳單。
孰知是死別？且復傷其寒。

此去必不歸，還聞勸加餐。
土門壁甚堅，杏園度亦難。
勢異鄴城下，縱死時猶寬。
人生有離合，豈擇衰盛端！
憶昔少壯日，遲回竟長歎。
萬國盡征戍，烽火被岡巒。
積屍草木腥，流血川原丹。
何鄉為樂土？安敢尚盤桓！
棄絕蓬室居，塌然摧肺肝。

## 綜合練習六

同樣面對戰爭，屈原和杜甫採取的立場有何不同？請試加分析。你對戰爭的看法又是什麼？

答：屈原〈國殤〉——

杜甫〈垂老別〉——

我的看法——

人之不同，各如其面，一方面因為鐘鼎山林，各有天性；一方面則源於不同的身分背景，遭遇經歷。我們從前面所列舉的詩文，可以深切體會到這一點。不同的作者，會選擇不同的主題來創作；即使主題相同，素材未必一樣；素材一樣，觀點也大相逕庭。唯一相同的是：都是傳世名文！可見，只要源於真性情，我手寫我心的作者，都會找到自己的知音。

因此，同學們，不要只顧著迎合評閱的老師，矯揉造作，虛擬性情。這樣的文章絕對不可能登峰造極！明眼人一眼就看出斧鑿的痕跡，別人的影子。

如何將自己真正的情思，完整的呈現，進一步透過廣泛的閱讀、深入的思考，看得更高、更遠，提出獨特而有價值的觀點，這才是我們努力的方向。

## 活動七　寫作情思引導

拿到題目後，我們該如何下筆呢？在這裡，我們先做個簡單的練習，教大家如何構思才有效率，才有意義。題目，就暫擬為「美好的一天」吧！

㈠分析一下生命的型態，提出幾種參考

1. **叱吒風雲**：看到秦始皇出巡天下時威儀赫赫的排場，劉邦羨慕的說：「大丈夫當如是也。」項羽說：「彼可取而代之。」你呢？你有領袖群倫的夢想嗎？

2. **及時行樂**：李白〈春夜宴從弟桃花園序〉：「夫天地者，萬物之逆旅。光陰者，百代之過客。而浮生若夢，為歡幾何？古人秉燭夜游，良有以也」，曹操〈短歌行〉：「對酒當歌，人生幾何。譬如朝露，去日苦多」，你呢？也想盡情的揮灑青春嗎？

3. **自由閒散**：看！王維「倚仗柴門外，臨風聽暮蟬」，陶淵明「採菊東籬下，悠然見南山」，徐志摩「揮一揮衣袖，不帶走一片雲彩」，何等愜意！你也想不受世俗羈絆，呈現真實的自己，逍遙度日嗎？不知道？也許，想一想過去生活中有哪些美好的時光，答案就出來了。

## ㈡生命的驚嘆號——回想記憶中最美好的一刻，確定自己的價值觀

張潮說美好是：「樓上看山，城頭看雪，燈前看月，舟中看霞。」徐志摩說美好是：「賞紅葉是一件韻事；荷塘採菱是一件趣事。」請告訴大家，在你的字典中，什麼是美好？

1. **成為鎂光燈的焦點**：當你拿到第一名、選上模範生，演講、作文比賽得名領獎的時候？當了灌籃高手、田徑健將、歌神……接受粉絲歡呼的時候，是不是最開心的一刻？因為你的辛苦練習得到了肯定。

2. **享受美食的汁水淋漓**：蘇東坡說吃河豚「值得一死」，張翰在洛陽見秋風起，因思念吳中菰菜蓴羹鱸魚膾而思歸。臺灣是美食文化薈萃之地，從南到北的夜市小吃、大小飯館的精緻料理、媽媽的味道，哪一樣不叫人垂涎？

3. **一天的悠閒自在**：王維〈鳥鳴澗〉：「人閑桂花落，夜靜春山空。月出驚山鳥，時鳴春澗中。」忙碌的現代人，能夠閒閒什麼都不做，窩在誠品看一天書，到處走走、聊聊、逛逛，不但愜意，簡直是奢侈。

4. **不論是親情、友情、愛情，當情意交流的那一刻**：李白寫：「桃花潭水深千尺，不及汪倫送我情。」辛棄

疾寫：「驀然回首，那人卻在，燈火闌珊處。」余光中寫：「溫潤而圓滿/就像有幸/跟你同享的每一個日子。」你是否也認為，家人團聚，其樂融融；好友抵足而眠，暢談終宵；與密友耳鬢廝磨，就是人生最美好的時刻？

5. **拭乾汗水時，接觸到別人感謝的眼神**：劉克襄的詩：「當我們的手牽著他們的手，這是地球最美麗的時候。」慈濟人在每一場災難發生時，永遠是第一個趕到的團體，他們額頭上雖滴下汗珠，臉上卻露出微笑。當校園每一片落葉，都被你掃進畚箕，這個世界因你而更乾淨、更美好、更溫暖……於是，一切的辛勞都是值得的！

還有呢？

## (三)設計好穩健的架構，準備安置優美的辭藻

選取三篇題材不同的文章的組織架構，練習設計「美好的一天」大綱，並分析三篇文章的生命價值觀。

1. **愛上文學的剎那**

意象：天邊泛著魚肚白的清晨，倚窗的女孩手上拿著一本書，她的眼神晶亮而專注。

大綱：(1)閱讀觸動了創作的欲望，一字一句撩動的不只是漣漪，更是洶湧的思潮與情潮。
(2)聽到了內心的吶喊，端坐在電腦桌前，開始逐夢、築夢。
(3)一整天不曾離開過文字，幾近瘋狂的排列一字又一字，也許，這是「命定的歸宿」。
(4)美好的一天，追夢的起點。

2. **歷史**

意象：駐足在頤和園錦帶似的蜿蜒長廊下，收不回遠颺思緒的女孩……

大綱：(1)由追憶百年前的慈禧太后，跌入歷史的洪流。
(2)歷史的醉人之處在於：即使形貌軀殼已失，但在書簡史冊裡、在詩詞曲賦裡，仍舊能細數出千百年前的愛恨情仇。
(3)歷史是我永遠的興趣與喜好，徜徉在歷史中，悠閒看世情是最美好的一天。

3. **領獎**

意象：站在頒獎臺的正中央，鎂光燈打在身上，綻放燦爛的笑容，與市長握手。

大綱：(1)回憶領獎當天的場景。
(2)領獎短短幾秒鐘的光采，是六年辛勞的成果。
(3)剖析自己的個性：好勝、好強。
(4)勝利是生命中最美好的價值。

## 活動八 腦波轉化機

寫作時「我手寫我心」常是一個我們絞盡腦汁想達到的境界。但如何精準的將四度空間的思維，用二度空間的文字呈現，實在是一個高難度的挑戰。但若能將前面課程中，表達文字的技巧演練純熟，我們將向這個境界大步邁進。現在就讓我們複習一下前面課程中的重點：

1. **基測作文屬於命題作文，因此「符合題意」是最基本的要求**。
2. **用最具有代表性的例子，突顯主題**。
   一篇400字的短文，不宜表述太複雜的情節，以一、二件事為主軸，細細描述，提出自己所思所感，比較容易成功。
3. **題材範圍可廣泛，但勿強以不知為知**。
4. **自己親自看到、親耳聽到、親手觸摸的感受最強烈，最能動人**。
   親身感受是立體的素材，可以從各角度切入，建立紮實有血肉的骨架。二手資料是平面的素材，易流於淺泛。
5. **在選材、立意、構思、細節（如心理描寫、語言描寫、動作描寫、景物描寫）等方面有亮點**。
   材料的安排盡量有對照性，以增加吸引力；有排比句，以增加文章氣勢及說服力。如：「寧為大樹，不為盆景」、「付出是一種愛，接受也是一種愛」、「偉大心靈總是遭遇平庸心靈的激烈反對」、「弱者等待時機，強者創造時機」、「當上帝關上一扇門時，祂必會打開另一扇窗」。
6. **文章的開展可縱可橫**。
   取材的開展可縱向——沿著時間線索，順著思路發展；橫向——發揮聯想力；或者正反事例並舉。如：
   ＊「雲淡風輕近午天，傍花隨柳過前川」、「山窮水複疑無路，柳暗花明又一村」、「跑得動時做選手，跑不動時做教練，教不動時做思想家」。
   ＊「一粒沙裡看世界，一朵花裡看天堂」、「如果生活是一本綜合性雜誌，我們就是它的主編者。書裡要有論文的嚴肅、散文的輕快、小說的變化、詩的超脫」。
   ＊「生活中有些東西應該淺嘗，有些東西則當深取。淺嘗譬如品茗，要的是那份馨雅，深取譬如攝食，要的

是充足的營養。淺嘗譬如消遣，要的是精神的疏放，深取譬如治學，要的是敦厚的知識」。

7. **敘述事情時善用意象，化抽象概念為具體形象，將靜態形象改作動態描寫。修辭技巧如誇飾、轉化、感覺描摹的使用，可使意象更加鮮明。**

(1)化抽象概念為具體形象，將靜態形象改作動態描寫

＊「慵懶的七月，山在午寐。」

＊「風總是在飄流，流過樹梢，飄過髮際。」

＊「是誰？搖曳彩裙，灑下了繁花似錦。」

＊「高高的山崗上，綠色的族譜最繁茂，以深淺黃綠青蒼高低不同的旋律，響徹！」

＊「理想是帆，毅力是風。」

＊「友誼如燭光，當四周黑暗之際，最為明亮。」

＊「與其詛咒黑暗，何不點燃蠟燭。」

(2)誇飾、轉化、感覺描摹的使用

＊蚊子嗡嗡飛個不停：沈復的描繪是「夏蚊成雷」；梭羅的描繪是「那簡直是荷馬的哀詩！他們就是伊里亞德與奧德塞，在空中唱著自己的憤怒與漂泊」。

＊描寫美味的透抽米粉：「肥滋滋的透抽，肉質如輕咬嬰兒小肥腿，彈性又猶如撐竿跳國手。」

＊烤干貝：「肥美雪白，只以炭火烘烤，將海的味道封鎖在內。」

＊又如：「以細蔥、鮪魚肚泥、白蝦、飛魚卵合拌為一，猶如跨年晚會的煙火，魚泥的稠、蝦的鮮、蔥的香與飛魚卵散佈口中，嗶嗶剝剝的爽脆，熱鬧異常。」

＊描寫夜空：「傍晚時分，登上山頂，眺望整片被渲染的雲海，那由藍漸化為紅的美，真會讓你深刻體會『夕陽無限好，只是近黃昏』的惋惜。當夕陽沉入雲海，接踵而來的夜色，更是令人讚嘆——繁星點點，

使夜空如鑽石般熠熠閃爍，這哪是被光害籠罩的都市人享受得到的。」

此外，下筆的時候遣詞造句要多作推敲，力求精當；文句要通順簡潔、生動新穎；字體要清楚工整，留意少出現錯別字；也要善用標點符號，幫助文意的傳達；了解修辭技巧，使文辭優美，文句生動；最後還要細察修改，使文章更加完美。

預祝同學寫出一篇自己滿意的好文章！

# 第六單元

# 作文成果秀

## 作文複測

「作文複測」旨在測試同學們經過一連串寫作訓練課程之後的作文能力。此篇複測作文在題材的掌握上，內容的闡述上，都較初測作文來得困難。所以，於題目之後，也附上各級分作文範例，以供同學們試做本篇作文之後，檢視自己的能力水平。

**題目：美好的一天**

**說明：**有人愛吃，美食是無上的享受；有人愛玩，盡情揮灑才是青春；有人一書在手，臥遊寰宇，雖南面王不易也；有人覺得施比受有福，每個人有不同的個性，不同的價值觀，於是，何謂「美好的一天」？在每個人心中，也自有不同的解讀。你認為你生命中最「美好的一天」應該是怎麼樣的？請將它的美好與我們分享。文長不得少於400字，體裁為散文體。

**注意：**1. 請以黑色或藍色筆書寫，勿以鉛筆書寫。
2. 作文紙上必須標示題目。
3. 作文紙上務必寫明你的姓名。

題目：

班別：

姓名：

## 各級範文示例

### 【3級分】

題目：美好的一天

班別：

姓名：羅翊修

　　哇！一切都是那麼的豪華，我坐在船上，享受那滿漢全餐。

　　我看著河畔，吃著美食，看見不同人種，雖然不認識，但大家都是來享受的，我看見河邊金黃色的建築物，也看到了異國風情。

　　最恐佈（怖）的是我看見一個平淡無其（奇）（？）的小姐，居然一直夾菜，光我看到就吃了十幾盤主菜和三十幾球的冰淇淋，讓我大開眼界。吃完後，我一人走到船頭，看到美麗的星空，河風徐徐的拂過我的臉，有時浪花跑到我臉上，還好我坐的位子不在外面，不然吃到一半，裝的菜都變成河水了。

> 這一段所描述的內容，大部分與「美好」的感覺無關！

　船上傳來各國的語言，但我所聽懂的也只有二、三種，船上的服務生個個有禮貌，隨時問候，讓人覺得有點不自在，不過有一次我去洗手，回來桌上卻空空的，原來是服務生收走了，害我又得去裝菜了。

> 可以多描述美好的感覺！

　　下了船，回到飯店，肚子感到有點痛，也許是吃太多了吧！我回憶在船中所發生的趣事，雖然很疲勞，但感到很滿足，希望下次還有同樣的機會。

這真是美好的一天啊！

總評：你在敘述旅遊的過程中，應多寫「美好」的情節與感受，文句亦可再求簡鍊，不宜囉嗦。

【4級分】

題目：美好的一天

班別：忠

姓名：黃元甫

　　子曰：「朝閒（聞）道，夕死可已矣。」~~書曰~~（我卻說）：「朝美好，夕死可已矣。」美好，顧名思義，就是又美又好，我認為每個人對美好的定義，都會因個人的價值觀而有所不同。

　　今年三月五日，是童軍的大節日，我們全團都頂著大太陽全身像要冒火似的，趕到了市政府前的會場集合，裡面有著各似（式）各樣的關卡，等著我們前去挑戰，要我們展現出平時在學校團長魔鬼訓練的成果，我們所有人都ㄒㄩ丶（蓄）勢待發的站在起點上，目光如鷹（鷹）的盯著關主不放，一聲令下，大夥兒如同餓虎般的撲向各個關卡，在關卡上，我們盡力的展現出平日所學到的各種技能✕和知識，最後站在光榮的搬（頒）共（獎）臺上，我感到無限的喜悅，我像是小龍女碰到楊過後的那種不敢相信（置信）的心情。

回程時，團長共（獎）勵大家坐公車，大夥兒興高采列（烈）的談論著今日所發生的事情，突然間，大家看到了一位年過耳順之年的老婆婆慢慢的走了上來，「碰」一聲，全團的人都站了起來，原來是大家都要讓座給那位老婆婆，展現童軍的精神，看著大家流著汗的神情（這一幕）真令我感動。

回到家後，我細細的思考著今天的事，我

的確令人感動！

發覺，其實美好可分為兩類，一種是外在的也就是感官上的，像我得〔到〕名〔次〕時的心情，一種是內在的，像我們讓座時的情形，而且我認為內在的美好是較外在的美好更好的，因為在我們犧牲自己的美好時，更是成全了別人的美好。

總評：暢所欲言，盡情鋪陳，收尾發人深省，但錯字太多影響級分，宜多注意。

## 【5級分】

題目：美好的一天　班別：　姓名：林宥君

每個人對美好的一天定義都不相同：有人覺得睡上一整天，遊手好閒是真正美好的一天；有人認為一天中完成一件大事，或是看了自己喜歡的小說才是美好的一天。而我呢，對我來說美好的一天只不過是與朋友相處的美好時光而已。

我依然記得那天。剛段考完，心中無比放鬆，快樂似神仙，我拉著朋友的手連跑帶跳得來到司令臺，我們坐在司令臺上，望著藍天白雲，讓微風輕撫臉頰，頭髮微微飄起隨風擺動，散出一種清香的茉莉花味，我們腳下是一個

這個「意象」表述得太直接，顯

得有些突兀。而且球狀的西瓜與操場的平面甚難結合。

兩句話的順序調換再略加修改。

景致的描述優美而動人。

又西瓜的剖面，許多小籽兒在上面又跑又跳，有的散步，有的打羽毛球，盡情得將汗水揮灑在西瓜上，好讓使西瓜看起來更豐富多汁。這時我的心頭此刻是無比的一冊遼闊，彷彿整個世界都屬於我的，胡亂哼著一些不成調的曲子，「我們為的是什麼，為什麼我們要這麼辛苦讀書呢？」朋友的一句話，點醒了我，（「對啊！為什麼？但是為什麼呢？還不是為了二年後的基測！」）就這樣，我們想了又想，一直探討這些問題。

小草被風吹彎了腰，笑了起來，朵朵白雲飄過，與藍天交織成美麗的圖畫，幾隻白鷺鷥飛來尋找蟲吃，漫步在綠草上……這就是我最喜歡這樣的生活，投入自然的懷抱中，悠閒自在地想著人生道理，雖然總是沒答案，但那時，我的心都飛到天上去了，心胸開闊，深吸一口氣，快樂的心情在身體裡穿梭，直到夕陽西下不，才依依不捨離開。

對我來說，美好的一天並不是打電動、看電視，而是與好朋友仰望天空，探討天地間之哲理，放鬆心情，拋開世俗的煩惱，這樣我就滿足了。

總論：節奏有些遲緩，但看得出來刻意醞釀的氛圍，認真創作的文章最美好！

【6級分】

題目：美好的一天

班別：

姓名：心泉

　　那一天，天空中飄著濛濛的細雨，彷彿在為誰傷心似的，帶著點淡淡的哀愁。（佳句！）難得有了一個空閒的下午，我心情愉悅的搭著公車，來到誠品信義館，與書本有了一場浪漫的約會。

　　一步踏入店裡，一股書香就迎面飄來，僅僅隔著那一扇門，那種氣氛就已大不相同。我輕盈的漫步在書架間，觀覽著書架上璘（琳）琅滿目的書籍，我信步來到文學小說的書架旁，取了一本珍・奧斯丁的傲慢與偏見，倚著書架，細細品味著書裡愛恨交織的故事，窗外依然下著小雨，卻有了一點陽光的蹤影。我在輕柔的音說得好！

映襯句。

這形容詞用得好！

樂中，緩緩闔上書本，閉著眼享受空氣中那一絲書香與人們的耳語。我隨手又拿了本風動鳴，在緊張刺激的情節中尋找自己的輕鬆，以~~隨~~平靜和的心情沉浸在書中，在明亮而浪漫的燈光下，欣賞著水泉精心創作的作品。

眼睛漸漸地有些累了，我放下手中微溫的書本，走到樓下的咖啡廳，閉著眼品味著香濃的奶茶，耳邊盡是小情侶的甜言蜜語、女人們的輕笑，我卻恍如不聞，心裡一片空明，不讓任何人來打擾我寧靜的思緒。喝完了奶茶，我走出誠品，仰頭望著天空，雖然仍下著雨，但陽光溫柔的光芒已微微透下，輕輕灑在我的臉上，我感受到雨滴輕柔的洗滌我疲累的身驅（軀），一絲絲的陽光直透進我的心田，彷彿在為我灌注力量。我靜靜接受大自然的洗禮，在雨天的傍晚，輕輕的走著。

那一天，我和書有了一次情人般的美麗約會，那一天，我接受了大自然給我的溫柔，我第一次感受到心情是如此的平靜，像水那樣的清澈透明。我想我永遠不會忘記那個雨天的下午——最平淡卻最美好的一天。

總評：前後二次測驗的題目，妳同樣取用以「書籍」為軸心的表現方式，明顯的，第二次妳的手法純熟許多，在語言的精緻度，行文技巧的純熟度，都有非常大的進步，加油，持之以恆，妳也是個「小小作家」。

## 【6級分】

題目：美好的一天

班別：

姓名：劉祐任

在某一年酷熱的暑假，白髮蒼蒼的老爸，打算挺著（他那）顆碩大的肚子，帶我們全家去家喻戶（遠在天邊）曉的美國開開眼界!!

坐了二十四個鐘頭的飛機，當我們到了目的地時，我的心情就好像一座狹小且正準備洩洪的水庫一般興奮？，（因為這是我第一次來到我自小就瞬違已久的西方國家，）於是在這一趟旅程，我連在睡覺時，心情都是巔峰的狀態，出了飛機場，當我站在人山人海的白人世界時，我們全家似乎都縮小了!?只有不斷的看到高聳挺立的尖鼻子在我們突兀的黑頭髮上晃過來又

譬喻新奇但是略顯怪異！

「瞬違已久」使用錯誤，你從未去過西方國家，不可使用此成語。

形容生動有趣！

「大快朵頤」使用不當!!此成語用於美食當前時。

雖然有點不文雅，但真是生動！

晃過去，（於是）過度操勞的母親先發制人建議一行人先回飯店再說!!

　隔天，在曾經親身經歷過響譽全世界（享譽全球）出了名的百老匯的父親的大力推崇之下，我們到了排場陣大的百老匯歌劇院，挑了一場名卡通歌劇——獅子王，打算來大快朵頤一下，進了院廳，令我這個井底之蛙亢奮不已的是，不論這裡寬敞的座位、偌大的地毯，甚至連廁所都是金光閃閃，彷彿連令人厭惡的馬桶也是純金做的，每當我看到任何一樣一流的東西時，似乎我的反射神經會叫我的眼睛再張開一公分直到極限，上了座位，欣喜若狂的我，像是屁股養了蟲，怎麼也定不下來，直到燈光緩緩地亮了起來，當優美的小提琴奏出動人的序曲時，似乎在我身體最深處的蟲子也聽到了這扣人心弦的動人音樂，加上人聲宛轉有致的絕妙搭配，我和那冥頑不靈的蟲，隨即達成了共識，打算好好咀嚼這前所未有的天籟……。

句佳！

出了音樂廳，不論有多少的「毛手毛腳」和我擦身而過，我似乎毫無感覺，~~又~~在我那片茫茫腦海中，只迴響著那活潑好動的音符，上了車，準備去美國數所著名的大學城去好好參觀一下也是我們的行程之一，失了魂的我，拖著一個軀殼走過一片又一片在大學城內綠油油

描述音樂的感染甚生動！

的草地，在回程時，突然，我看到一個能令我為之一振的東西——茱莉亞音樂學院，我多麼希望我能中樂透，使我永遠留級（滯）在這裡，此時我（的）義憤填膺的心想：「為何不進去參觀？」

到了飯店，洗了一個熱呼呼的澡之後，疲累的我蜷在床上，回憶著今天的任何一個音符，祈禱著~~還有~~下次暑假還有機會來，想著想著，我就和周公兩人一起手牽手進入音樂的夢鄉了!!

這就是我美好的一天!!

總評：行文十分活潑幽默，文句新穎很有個人風格，成語使用要小心，你誤用了2個成語!!

心得筆記欄

附錄

# 寫作基本能力練習

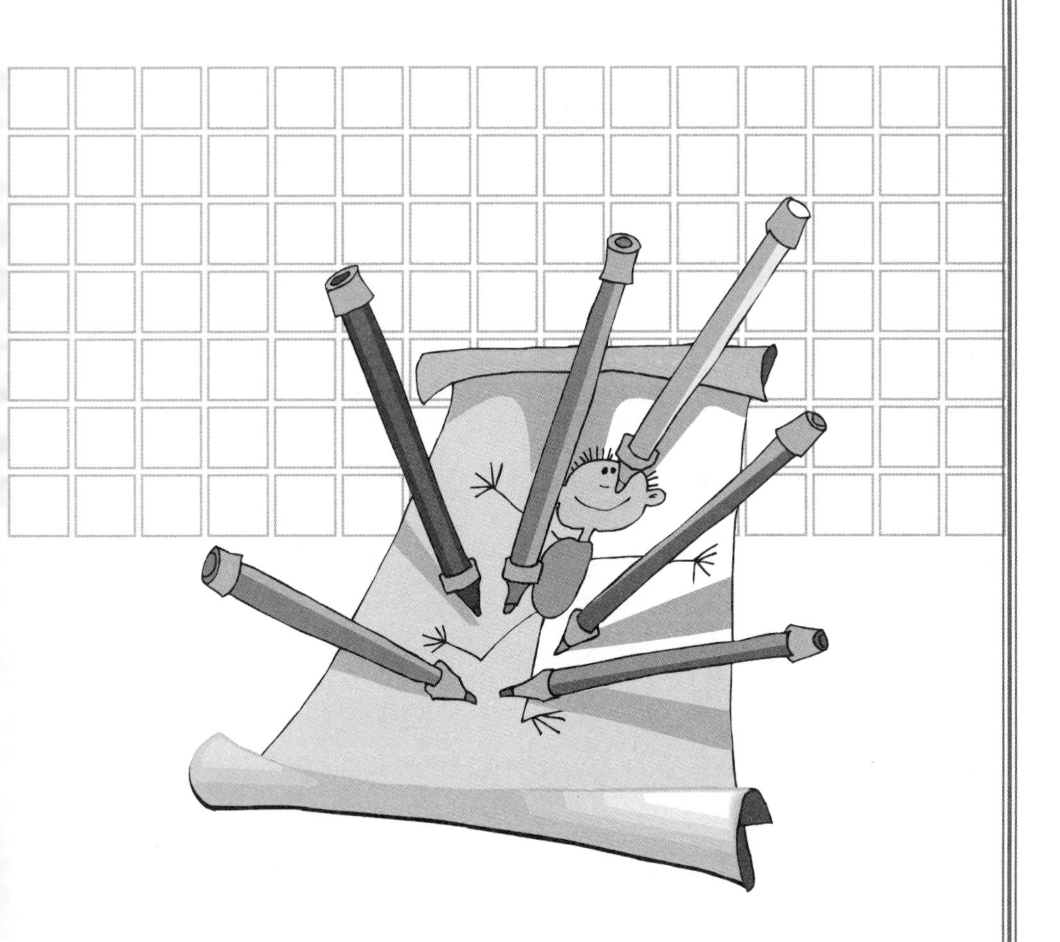

# 錯別字辨識一

## (一)請挑出下列詞語中的錯別字，並予以更正。

1. 乎視我——（ ）
2. 被後暗算——（ ）
3. 內心煩腦——（ ）
4. 功夫勵害——（ ）
5. 動做優雅——（ ）
6. 音樂和階——（ ）
7. 覺的很好——（ ）
8. 立定智向——（ ）
9. 重暑頭痛——（ ）
10. 請之持我——（ ）
11. 因該用功——（ ）
12. 重要零鍵——（ ）
13. 細鎖小事——（ ）
14. 計叫輸贏——（ ）
15. 清處明白——（ ）
16. 另人陶醉——（ ）
17. 妳盡敢罵我——（ ）
18. 乎略別人感受——（ ）
19. 由其討厭上學——（ ）
20. 她必竟是妳媽媽——（ ）

## (二)請挑出下列文句中的錯別字，並予以更正。

1. 爸爸種是每天接送我上下學。——（ ）
2. 古人說：「一日之所需，百工思為備。」——（ ）
3. 選擇升學還是就業，這是一件很困難的決擇。——（ ）
4. 每天早上我一到校，就托地、擦桌子打掃教室。——（ ）

5. 我生病時，是母親夜以繼日的照雇我，我才能早日康復。——（　　）
6. 父母親最大的期望，就是我能建建康康的長大。——（　　）
7. 我請同學幫我請假，他盡然把這件事情忘記了。——（　　）
8. 身為學生，因該要知道自己的本分。——（　　）
9. 我犯了這麼大的錯，但爸爸媽媽仍然願諒我的過錯。——（　　）
10. 電影中，男女主角在街頭邂垢，因而譜出一段戀曲。——（　　）
11. 讀書不能只在乎成績而以，還必須重視道德修養。——（　　）
12. 經歷了疲備的一天，大家都攤在沙發上，累得說不出話來了。——（　　）
13. 我永遠都記的那一天父親對我說的話。——（　　）
14. 經歷了這麼多事之後，難到你一點都不知道反省自己嗎？——（　　）
15. 今過這件事情之後，他的學習態度有了一百八十度的轉變。——（　　）
16. 這次運動會，我們充分發輝團隊精神，終於獲得了最好的成績。——（　　）
17. 隨著我們逐漸長大，母親也越來越憔脆了。——（　　）
18. 長大之後，不可忘記要報達父母親的辛勞。——（　　）
19. 我又不是班長，你讓我執行這件事，「名不證，言不順」恐怕難以成功。——（　　）
20. 當天天氣情郎，萬里無雲，是出遊的好日子。——（　　）

# 錯別字辨識二

## (一)請挑出下列詞語中的錯別字，並予以更正。

1. 感謝涵——（　）
2. 義不融辭——（　）
3. 無怨無回——（　）
4. 不厭起煩——（　）
5. 自實其力——（　）
6. 天遙地動——（　）
7. 多彩多資——（　）
8. 發生地陣——（　）
9. 喜觀電影——（　）
10. 判匿青少年——（　）

## (二)請挑出下列文句中的錯別字，並予以更正。

1. 上帝關了一扇門，必定開起一扇窗。——（　）
2. 他雖然儘有小學畢業，事業上卻有非凡的表現。——（　）
3. 我一但做了決定，就不可能改變。——（　）
4. 國家經濟若能隱定成長，國民就業就不成問題了。——（　）
5. 坦若我考上了第一志願，媽媽就會帶我出國旅行。——（　）
6. 分手的決定，實在是不得以，我心中也非常痛苦。——（　）
7. 經過一番懇談，他們兩人終於合好如初。——（　）
8. 淩晨三點鐘的一通電話，使我徹夜難眠。——（　）
9. 我經過玫瑰花園，聞道一股濃郁的香味。——（　）

10. 世間男女循循覓覓，希望找到契合的伴侶。——（　　）
11. 經過一再肯求，她終於點頭應允。——（　　）
12. 媽媽猶豫再三，終於透漏了這個不幸的消息。——（　　）
13. 世上沒有永遠的密祕，就像紙包不住火一樣。——（　　）
14. 當他的臉出現在銀幕上時，臺下的觀眾發出熱情的歡呼。——（　　）
15. 媽媽在思考的時後，眉頭總不自覺的皺起來。——（　　）
16. 他的演說精彩動人，有憾動人心的效果。——（　　）
17. 終於拿到市長獎，她當場喜急而泣。——（　　）
18. 學習不只侷限於書本，校外交學也是學習的一環。——（　　）
19. 經過一場婚變，她隔外珍惜遲來的幸福。——（　　）
20. 都市的生活結奏是緊湊的，所以人們往往嚮往鄉村生活的悠閒自在。——（　　）
21. 他總是在一旁漠漠的付出，不求任何回報。——（　　）
22. 父母愛子女，即使他們再辛勞，也甘之如怡。——（　　）
23. 姐姐的身材纖細窈窕，吸引了許多男孩子的目光。——（　　）
24. 小明犯了錯，卻仍不知反醒，真是令人生氣。——（　　）
25. 那天我走在回家的路上，看到導護媽媽被車子狀到，心中十分難過！——（　　）

# 錯別字辨識三

## (一)請挑出下列詞語中的錯別字，並予以更正。

1. 變生子——（　）（　）
2. 想法敷淺——（　）（　）
3. 負出心力——（　）（　）
4. 勉懷往事——（　）（　）
5. 資料會編——（　）（　）
6. 無時無克——（　）（　）
7. 持序半天——（　）（　）
8. 不辭心勞——（　）（　）
9. 含莘茹苦——（　）（　）
10. 擅長女工——（　）（　）

## (二)請挑出下列文句中的錯別字，並予以更正。

1. 陳叔叔的新居剛剛落成，據說他的客廳非常寬場。——（　）（　）
2. 這家髮廊的髮型設計師技術精估，許多客戶從遠地慕名而來。——（　）（　）
3. 一大清早，附近的菜市場便人聲頂沸、十分熱鬧。——（　）（　）
4. 這棵老松樹歷經幾次颱風的吹襲，卻始終毅立不搖，堅強的生命力令人敬佩。——（　）（　）
5. 王老先生知道自己病入膏荒，將不久人世，卻依然樂觀開朗，真了不起。——（　）（　）
6. 許多卡奴背負沉重卡債，走頭無路之下難免便有輕生的念頭。——（　）（　）
7. 妳這種以鄰為禍的作法，將會招來無數的怨怒，我不贊成。——（　）（　）
8. 你身為執法人員，怎麼可以如此草姦人命呢？——（　）（　）
9. 我們處在瞬息萬變的資訊時代，若一味墨守成規、固步自封，就會被時代淘汰。——（　）（　）

10. 我們一起為他想個解決的辦法吧，大夥集思廣義總比他一個人坐困愁城要好。——（　　）
11. 人生就如黃糧一夢，成敗得失不必太計較。——（　　）
12. 誰叫她口沒遮攔、胡言亂語，這下惹起喧然大波了吧！——（　　）
13. 凡事按步就班、腳踏實地，才能邁向成功。——（　　）
14. 近來，要求國家元首下臺的聲音愈來愈多，倒閣、及罷免活動正如火如塗地展開。——（　　）
15. 漢武帝罷拙百家、獨尊儒術的政策究竟是功是過？歷史學者各有不同評論。——（　　）
16. 他寧願一生淡泊清苦，也不願作個驅炎附勢的小人。——（　　）
17. 任我講得口乾舌噪，他就是不肯答應出席記者會。——（　　）
18. 傳說這種減肥方法甚為有效，許多愛美人士趨之若鶩。——（　　）
19. 他為非作歹的事蹟太多，簡直是慶竹難書。——（　　）
20. 妳一定要堅持到底，否則多年的努力便要功虧一潰了。——（　　）
21. 如果弟弟能老實認錯，我認為爸爸媽媽會既往不就，不會處罰弟弟。——（　　）
22. 這件洋裝的款式十分新穎，是設計師別出新裁的得意作品。——（　　）
23. 大丈夫面對權勢應當不卑不抗，豈可怯懦退縮？——（　　）
24. 阿姨和姨丈離婚了，帶著姨丈給予的瞻養費環遊全世界去了。——（　　）
25. 我經常旅遊各地，由其熱愛山明水秀的地方。——（　　）

# 形近字辨識一

請將下列各組偏旁相同的字詞填入正確的位置，並寫上正確的讀音。

㈠見、蜆、規、硯、莧、覬、靚、覷、覦

1. 「（　　）」覦：
2. 「（　　）」菜：
3. 筆墨紙「（　　）」：
4. 面面相「（　　）」：
5. 現場目「（　　）」：
6. 臺糖「（　　）」精：
7. 「（　　）」矩方圓：
8. 「（　　）」異思遷：
9. 青春「（　　）」女：

㈡各、賂、貉、烙、撂、酪、絡、洛、恪、咯、略

1. 「（　　）」餅：
2. 「（　　）」血：
3. 「（　　）」倒：
4. 「（　　）」印：
5. 戰「（　　）」：
6. 優「（　　）」乳：
7. 聯「（　　）」網：
8. 貪汙賄「（　　）」：
9. 一丘之「（　　）」：
10. 「（　　）」說各話：
11. 「（　　）」守校規：
12. 「（　　）」陽紙貴：

㈢耑、踹、遄、揣、喘、湍、惴、端

1. 「（　　）」摩：
2. 「（　　）」征：

3.「（　）」送：

4.「（　）」慄：

5.「（　）」息：

6.「（　）」茁：

7.「（　）」一腳：

8. 水勢「（　）」急：

**(四) 非、緋、扉、蜚、啡、霏、誹、菲、斐、翡、腓、俳、裴**

1.「（　）」謗：

2. 心「（　）」：

3.「（　）」優：

4. 咖「（　）」：

5.「（　）」翠：

6.「（　）」先生：

7. 物是人「（　）」：

8.「（　）」短流長：

9. 妄自「（　）」薄：

10.「（　）」聞八卦：

11.「（　）」力牛排：

12.「（　）」然成章：

13. 細雨「（　）」：

**(五) 青、清、蜻、睛、菁、靖、倩、靛、請**

1.「（　）」亂：

2.「（　）」蜓：

3.「（　）」華：

4.「（　）」涼：

5.「（　）」示：

6.「（　）」青：

7. 目不轉「（　）」：

8.「（　）」山綠水：

9. 巧笑「（　）」兮：

# 形近字辨識二

請將下列各組偏旁相同的字詞填入正確的位置，並寫上正確的讀音。

㈠占、沾、霑、佔、站、砧、帖、玷、貼、拈

1. 「（　）」立：
2. 「（　）」卦：
3. 「（　）」水：
4. 「（　）」板：
5. 「（　）」汙：
6. 謝「（　）」：
7. 黏「（　）」：
8. 「（　）」領：
9. 雨露均「（　）」：
10. 「（　）」花惹草：

㈡曷、褐、歇、謁、竭、羯、碣、渴、揭、偈

1. 口「（　）」：
2. 「（　）」見：
3. 「（　）」語：
4. 「（　）」鼓：
5. 「（　）」示：
6. 碑「（　）」：
7. 「（　）」息：
8. 「（　）」其有極：
9. 粗布短「（　）」：
10. 聲嘶力「（　）」：

㈢且、俎、詛、殂、咀、沮、狙、雎、疽、蛆

1. 崩「（　）」：
2. 「（　）」咒：
3. 炭「（　）」熱：
4. 「（　）」擊手：

5.「（　　）」喪：

6.越「（　　）」代庖：

7.鬩鬩「（　　）」鳩：

8.再三「（　　）」嚼：

9.肉腐生「（　　）」：

10.得過「（　　）」過：

**㈣倉、滄、蒼、艙、瘡、傖、嗆、蹌**

1.「（　　）」桑：

2.米「（　　）」：

3.客「（　　）」：

4.悽「（　　）」：

5.踉「（　　）」：

6.「（　　）」鼻：

7.滿目「（　　）」痍：

8.鬱鬱「（　　）」：

**㈤寥、蓼、廖、戮、勠、謬、繆、膠**

1.殺「（　　）」：

2.荒「（　　）」：

3.紅「（　　）」：

4.塑「（　　）」：

5.「（　　）」添丁：

6.未雨綢「（　　）」：

7.「（　　）」力為公：

8.「（　　）」可數：

## 文句邏輯 練習一

請指出下列文句的缺失，並根據原意加以改正。

**範例一** 7歲時的生日禮物收到了媽媽送我的「泰迪熊」當時只覺得它是個有雙大眼睛軟軟的毛的娃娃罷了

**缺失：** 缺乏標點且句意不明。

**更正：** 7歲時媽媽送我一隻「泰迪熊」作為生日禮物，當時我只覺得它是個有雙大眼睛、渾身毛茸茸的娃娃罷了。

**範例二** 我從小球技本來就不是很好，可是我仍不放棄我對籃球的熱愛，好在有表哥們的耐心指導，日復一日，我的球技越來越強了，但是學業的功課也越來越多了，很少機會能再去公園盡情的打球，享受打籃球的樂趣，媽媽也知道我是個籃球迷，當然也於心不忍，買了一個小籃球架……

**缺失：** 「連接詞」使用過於頻繁且不恰當；句意表達不充足。

**更正：** 小時候，我的球技很不好，但是我從不放棄對籃球的熱愛。幸好有表哥們的耐心指導，再經過日復一日的練習，我的球技越來越進步了，這真是讓我欣喜若狂呀。可惜的是，隨著學業壓力越來越重，我能再去公園盡情打球，享受打籃球樂趣的機會越來越少了，媽媽於心不忍，於是買了一個小籃球架……

1. 你有曾經對事物痴迷過嗎？

**缺失：**

更正：

2. 雖然曾經有為了漫畫而花了不少錢，損失了不少時光，但我想至少我有個如此快樂的時光。

缺失：

更正：

3. 在我小時候，我曾愛上電視，在某個早晨，我一不小心轉到了體育臺，看到在場上的球員龍爭虎鬥，且為了把球放進籃子裡而發揮出潛力，這使我開始成為一個籃球迷。

缺失：

更正：

4. 因此我的功課開始一落千丈，也被大家罵一蹶不振，使我感到非常的失落，但是我還是渾然不知是因為太迷籃球的關係。

**缺失：**

**更正：**

5. 還記得有一次爸媽出遠門，我那天一直狂打電腦，雖然那天我打了很久，不過我卻覺得不累，因為在做自己有興趣的事時，就算地震也感覺不到，所以我常在不知不覺中打電腦好幾個小時。

**缺失：**

**更正：**

6. 所以只要有我在的地方就有電腦。

**缺失：**

更正：

7. 電視，是個很奇怪的東西，它總是把我們吸引進去。

缺失：

更正：

8. 假日，就坐在電視前看電視，加上飲料、零食，配著吃，而令我的身材越來越胖，這還不是最嚴重的呢！嚴重的是……。

缺失：

更正：

請指出下列文句的缺失，並根據原意加以改正。

1. 我是一個電視迷，在電視裡有各式各樣的內容，例如：趣味、知識……等等，而且在看電視的過程中不但可以放鬆心情也可以增加自己對於各方面的知識。

**缺失：**

**更正：**

2. 當我正在玩遊戲時，心情好的時候，戰績就會比較好；心情不好則反之。不然就只能清晨起來玩，或向爸媽提出要求。

**缺失：**

**更正：**

3. 我比較喜歡軍機，只要是跟軍機有關的書，不論中文或英文我都會看，範圍是從第二次世界大戰至今都大概知道，還包括火箭、太空梭……等。

缺失：

更正：

4. 每個人所喜歡的東西並不相同，但是我們也不可因為自己的喜好和他人不同而批評他人；那麼你喜歡什麼東西？

缺失：

更正：

5. 我常玩一些自己操作的電玩，一但迷上了哪一種遊戲，就會很想玩這個遊戲，直到不想玩為止。

缺失：

更正：

6. 我不會和那些人一樣，玩到遊戲完全捉住你，讓你無法離開遊戲世界。

缺失：

更正：

7. 常常在投捕時，我都會被球打到頭等等地方呢！但我還是樂在其中，天天都在玩。

缺失：

更正：

8. 每個人一生之中一定會看書，我也不例外。

缺失：

更正：

9.很多人也只是看書而已，卻沒有應用到生活上，將知識轉為智慧。

缺失：

更正：

10.然而因為我每天放學都沉迷在電腦上，爸爸就把我的電腦給收起來一個月，這一個月沒玩到電腦簡直叫我去跳樓算了。

缺失：

更正：

請指出下列文句的缺失，並根據原意加以改正。

1. 一位小女孩的生命只剩下一年的時間，但是自從有二位死神的幫助，她終於能完成她的夢想，並且往開一面，而使得她的命運改變。

缺失：

更正：

2. 羽毛球就像是我心目中的大明星，我對他是個如痴如狂的迷。

缺失：

更正：

3. 當我朝著羽毛球明星路發展時，我爸爸說他要我將來不准走運動方向的路，因為這條路不好走，而且很短暫。

缺失：

更正：

4. 嘿！嘿！我就是個名不虛傳的電視兒童。現在的大眾傳播媒體發達，無論是卡通、戲劇、新聞……等，各類的節目應有盡有，看也看不完。尤其，現在以訪談性節目和現場轉播的節目更是大家再熟悉不過了！

缺失：

更正：

5. 從小到大雖然現在成熟一些，這都要感謝爸媽的功勞，雖然現在還不能為爸媽付出什麼，但是等我們大一點，一定也能感受到爸媽對我們的付出及感受。

缺失：

更正：

6. 互相體諒彼此，我們之間的吸引會美麗得很奇妙。

缺失：

更正：

7. 雖然有時候自己都會對父母發脾氣，但是這都是父母對我們的好，讓我們慢慢體諒父母的心情。

缺失：

更正：

8. 善待別人是自己的義務，但這世上並沒有一個人應該要對你好吧！

缺失：

更正：

9.當他們為我們服務的時候，我們應該要去體諒他們的辛勞跟用心，還有苦力，將他們的愛心跟熱心傳播給每一個人以及全世界。

缺失：

更正：

10.「一日之計在於晨，一年之計在於春，一生之計在於勤」希望以後的人一想起這句話，就可以幫助別人，善用自己的人生里程碑，做個好人，但也請各位不要做個十惡不赦的壞人。

缺失：

更正：

# 綜合練習紙

# 綜合練習紙

## 【國文考科強棒手冊】

本書為針對學科能力測驗與指定科目國文考科所編寫的系列用書，內容不僅涵蓋各版本教科書，更加入生活化的語文教材，使學生在「無標準本教科書」時代的升學考試中，全面提升語文程度。表格化的清楚呈現，吸收效果百分百，讓學生在平時複習與考前衝刺揮出勝利的全壘打。

## 【國文閱讀理解三〇〇則】

本書提供教師作為課外補充教材與同學課後閱讀。書中選文多為歷代經典名著中，具有代表性的精緻小品。每篇均有注釋、語譯及自我評量，最新增訂版中更增加經典導讀一項，有助於同學更深入地了解文章內涵。同學如能精心閱讀此書，當可奠定良好閱讀基礎，並提升文章賞析的能力，跟上大學入學考試國文試題的最新潮流。

## 【國文教戰高手】

另有模擬試卷唷！

針對學生三年所學予以融貫統整，內容更包含最新考試題型—「外來語、新世代語言集」、「成語古今衍義、歇後語」，徹底打通學生語文分析與應用能力、文學鑑賞與理解能力的任督二脈，使學生在考場上輕鬆獲勝。本書可說是所有考試中克敵致勝的絕佳利器。

# 【成語能力得來速】

我們整理歷屆聯考試題後，認為花時間記誦成語的投資報酬率最高，於是將歷年成語題型歸納為：成語形音義、成語語意、成語運用、成語文法與修辭、成語典故五大類，希望學子能在記誦成語前先掌握考試的重點與題型，才能有系統的將已知未知的成語分門別類，不但能夠加深印象，也能收提綱挈領之效。


三 民

三民網路書店
www.sanmin.com.tw
書種最齊全・服務最迅速

現在加入網路書店會員
憑通關密碼：B3322
首次購書即可享15%
紅利積金

好康多多~
1. 滿$350便利超商取書免運費
2. 平時購書享3%~6%紅利積金
3. 隨時通知新書及優惠訊息

# 作文輕鬆學

## 答案本

三民書局

# 第二單元　文字魔法師

## ◎綜合練習一

| 1. | 2. | 3. | 4. | 5. |
|---|---|---|---|---|
| 令人羨慕（∨） | 飯夫俗子（ ） | 力竭聲嘶（∨） | 一丘之貉（∨） | 危急全亡（ ） |
| 另人羨慕（ ） | 販夫俗子（∨） | 力歇聲撕（ ） | 一丘之酪（ ） | 危急存亡（∨） |
| **6.** | **7.** | **8.** | **9.** | **10.** |
| 伸出援手（∨） | 趨炎附勢（∨） | 無所是從（ ） | 惱羞成怒（∨） | 觀鍵一球（ ） |
| 伸出圓手（ ） | 趨炎附世（ ） | 無所適從（∨） | 腦羞成怒（ ） | 關鍵一球（∨） |
| **11.** | **12.** | **13.** | **14.** | **15.** |
| 不知所宗（ ） | 個性潑辣（∨） | 全神貫注（∨） | 鋃鐺入獄（∨） | 各抒己見（∨） |
| 不知所終（∨） | 個性潑棘（ ） | 全神灌注（ ） | 狼當入獄（ ） | 各紓己見（ ） |
| **16.** | **17.** | **18.** | **19.** | **20.** |
| 大章旗鼓（ ） | 蠅之以法（ ） | 白首起家（ ） | 旗開得勝（∨） | 詐騙伎倆（∨） |
| 大張旗鼓（∨） | 繩之以法（∨） | 白手起家（∨） | 奇開得勝（ ） | 詐騙計倆（ ） |
| **21.** | **22.** | **23.** | **24.** | **25.** |
| 六根清靜（ ） | 大名鼎鼎（∨） | 汗流夾背（ ） | 毛骨聳然（ ） | 家徒四壁（∨） |
| 六根清淨（∨） | 大名頂頂（ ） | 汗流浹背（∨） | 毛骨悚然（∨） | 家塗四壁（ ） |

## ◎綜合練習二

請你當句子醫生診治並修改下列幾個病句：

1. 答：在老師苦口婆心的教育下，我迅速地成長起來了。（缺主語，可刪掉「使」。）
   或改為：老師苦口婆心的教育，使我迅速地成長。
2. 答：這種藥一問世，便受到病人的歡迎，因為臨床治療效果證明，這是有效治療高血壓的藥物。（將「方法」改為「藥物」。）
3. 答：他像一支蠟燭，雖然毀滅了自己，卻照亮了別人。這樣的人生多有價值啊！（既有價值，就應把優點留到最後說。）
4. 答：凱蒂貓公司規定，新產品價格在300－500元之間。（將「不超過」改為「在……之間」。）
5. 答：中國大陸和港臺歌星的連袂演出，博得了在場觀眾的熱烈掌聲，觀眾們對各位歌星精彩的表演給予了很高的評價。（第二個分句缺主語，加「觀眾」。）

## ◎活動三

1. 答：(1)八十老翁親生一子，所有財產完全給予，女婿、外人不得爭奪。（財產給兒子。）
(2)八十老翁親生一子，所有財產完全給予女婿，外人不得爭奪。（財產給女婿。）
(3)八十老翁親生一子，所有財產完全給予女，婿、外人不得爭奪。（財產給女兒。）
(4)八十老翁親生一子，所有財產完全給予女婿、外人，不得爭奪。（財產給女婿與外人。）

2. 答：(1)大便，當飯；小便，當菜。
(2)大便當，飯；小便當，菜。

3. 答：(1)女孩如果沒有，男孩就恐慌了！
(2)女孩如果沒有男孩，就恐慌了！

4. 答：(1)女子麻臉，無頭髮，烏黑皮膚，白白痴痴，純情不論，聘金少不了。
(2)女子麻臉無，頭髮烏黑，皮膚白白，痴痴純情，不論聘金少不了。

5. 答：(1)今年好霉氣，全無財帛進門，養豬個個大老鼠，個個瘟，做酒缸缸好做醋，滴滴酸。
(2)今年好，霉氣全無，財帛進門，養豬個個大，老鼠個個瘟，做酒缸缸好，做醋滴滴酸。

## ◎綜合練習三

喬太守的解讀為：「我愛你一萬年也不可能，離開你最好，讓全世界都忘了你，我依舊很好。」
月下老人妙手一點：「我愛你，一萬年也不可能離開你。最好讓全世界都忘了，你我依舊很好。」

## ◎活動四

(一)一字出新意

1. 用字精準

(1)冷酷的連續殺人犯已經殺紅了眼
(2)趕路的雁，也銜了一頁鄉愁回家
(3)春雨使湖上的水花一朵朵開得響亮亮的
(4)燕子是個賣布郎，隨身帶一把剪刀，把春天一寸寸賣光了

(5)鼓是一個怕挨打的小孩，當你重重打他，他就高聲喊：痛、痛、痛

2.用字有創意（請自由發揮。）

3.名字大探索（請自由發揮。）

4.字的大搜祕（請自由發揮。）

(二)遣詞的魅力

1.(1)給夢一把梯子

(2)給想像一對翅膀

(3)給夢的小船一雙小槳

(4)給荒原一對粉蝶

(5)給流星雨的天空許下一個承諾

2.(1)例句a：斜飄的細雨是大地的針線縷縷，繡起了青翠大塊。

例句b：正午的影子是小時候犯錯的我，畏縮在小小的角落。

例句c：街燈尋找人群收集悲傷。

(2)例句a：影子是不會思考的我。

例句b：龍捲風是魯莽的清潔工，奮力而不專業。

例句c：寂寞是孤獨到底的苦。

(3)例句a：啊，世界

我們的心，又

合法而健康地淫蕩起來了——陳黎〈春天〉

例句b：一只破碎的方向燈，塑膠碎片，寫意地延伸成各種象徵。

(4)例句a：風是掠奪者，帶走了成千上萬的綠葉，樹枝低頭發出無力的悲鳴。

例句b：大雄是扶不起的阿斗，哆啦A夢則是無事不知無理不曉的諸葛亮。

例句c：魚群是海洋流動的血液。

◎綜合練習四（請自由發揮。）

◎綜合練習五（請自由發揮。）

◎活動六（請自由發揮。）

◎綜合練習六（請自由發揮。）

## 第三單元　尋找文學密碼

◎綜合練習一

| 詩文 | 具體形象的字詞 | 作者心中的意象 |
|---|---|---|
| 童年的一天一天，溫暖而遲慢，正像老棉鞋裡面，粉紅絨裡子上曬著的陽光。〈張愛玲〈童言無忌〉〉 | 老棉鞋裡面，粉紅絨裡子上曬著的陽光 | 童年的溫暖 |
| 紅豆生南國，春來發幾枝。願君多採擷，此物最相思。〈王維〈相思〉〉 | 紅豆 | 相思 |
| 晚霞在幕天上撒錦，溪水在殘日裡流金。〈戴望舒〈夕陽下〉〉 | 撒錦、流金 | 晚霞及溪水的美麗 |
| 酒放豪腸，七分釀成了月光。〈余光中〈尋李白〉〉 | 月亮 | 詩人豪飲的氣派 |
| 我因為上面有個祖母頂著，總算還有個避風的港灣。〈蕭蕭〈父王〉〉 | 避風的港灣 | 作者受到的庇護 |
| 人生如絮，飄零在此萬紫千紅的春天。〈陳之藩〈失根的蘭花〉〉 | 絮 | 人生的飄泊 |
| 人生好比一部小說，不在長而在好。〈西諺〉 | 小說 | 強調人生經歷的曲折豐富 |
| 君子之德風，小人之德草，草上之風必偃。〈《論語・顏淵》〉 | 風、草 | 風代表影響，草代表受影響 |
| 自然是最偉大的一部書。〈徐志摩〈翡冷翠山居閒話〉〉 | 書 | 強調自然的豐富 |
| 人生是一奮鬥的戰場。〈陳之藩〈哲學家皇帝〉〉 | 奮鬥的戰場 | 強調人生需不斷地奮鬥 |

## ◎綜合練習二

(一)

| 詩文 | 感官摹寫 |
| --- | --- |
| 我似乎還聽見嘻嘻哈哈的笑聲。（簡媜〈夏之絕句〉） | 聽覺 |
| 北平尋常提到江蘇菜，總想著甜甜的、膩膩的。（朱自清〈說揚州〉） | 味覺 |
| 那大王推開房門，見裡面黑洞洞地。（施耐庵《水滸傳》） | 視覺 |
| 深秋的夜風吹來，我有點冷，披上母親為我織的軟軟的毛衣，渾身又暖和了起來。（琦君〈髻〉） | 觸覺 |
| 今天第一次看到這棵果實如此豐碩的柚子樹，霎時間，心頭充滿了喜悅與新奇。（周素珊〈第一次真好〉） | 心覺 |

(二)

| 詩文 | 感官移覺 |
| --- | --- |
| 漸漸的越唱越高，忽然拔了一個尖兒，像一線鋼絲，拋入天際。 | 由（聽）覺移為（視）覺 |
| 秦淮河的水卻儘是這樣冷冷的綠著。（朱自清〈槳聲燈影裡的秦淮河〉） | 由（視）覺移為（觸）覺 |
| 春日裡的祖母綠／晴空裡的藍水晶／夜幕裡的黑珍珠／我只聽到一聲心碎的嘆息（溫慧懿〈簷滴〉） | 由（視）覺移為（聽）覺 |
| 陽光好亮，透過葉隙叮叮噹噹擲下一大把金幣。（張讓〈夏天燃起一把火〉） | 由（視）覺移為（聽）覺 |
| 愁，好像味精，少放一點，滋味無窮；多放一點，就要倒盡胃口。（吳怡〈一束稻草〉） | 由（心）覺移為（味）覺 |

## ◎綜合練習三

| 事物 | 相關聯想的意象 | 事物 | 相關聯想的意象 | 事物 | 相關聯想的意象 |
| --- | --- | --- | --- | --- | --- |
| 竹 | 虛心、有氣節 | 菊 | 隱逸 | 牡丹 | 富貴 |

| | | | | | |
|---|---|---|---|---|---|
| 柳 | 送別 | 梅 | 堅貞 | 白旗 | 投降 |
| 白鴿 | 和平 | 荷 | 清高 | 蟹 | 橫行 |

◎綜合練習四（請自由發揮。）

◎綜合練習五

| 詩文 | 典故及事例 |
|---|---|
| 學校派你出去比賽，真是「蜀中無大將，廖化作先鋒。」 | 三國蜀漢廖化 |
| 沒有碑碣／雙穴的／墓／梁山伯和祝英台／就葬在這裡（商禽〈鼻〉） | 梁山伯和祝英台 |
| 出了伊甸園／再直的路／也走得曲折蜿蜒／艱難痛苦（非馬〈蛇〉） | 伊甸園、蛇 |
| 功蓋三分國／名成八陣圖／江流石不轉／遺恨失吞吳（杜甫〈八陣圖〉） | 三分國、八陣圖、失吞吳（諸葛亮） |
| 東風不與周郎便／銅雀春深鎖二喬（杜牧〈赤壁〉） | 周郎、二喬 |
| 你曾是黃河之水天上來／陰山動／龍門開／而今反從你的句中來（余光中〈戲李白〉） | 李白 |
| 有一條黃河／你已夠熱鬧的了／大江／就讓蘇家那鄉弟吧（余光中〈戲李白〉） | 蘇軾、蘇轍 |
| 不是沒有人才，是沒有識人才的眼睛。不是沒有良馬，而是一些根本未見過馬的人，自欺為伯樂而已。（陳之藩〈第五信〉） | 伯樂 |
| 頭懸梁，錐刺骨，彼不教，自勤苦。（《三字經》） | 孫敬、蘇秦 |
| 刎頸交，相如與廉頗；總角好，孫策與周瑜。（《幼學瓊林》） | 藺相如與廉頗、孫策與周瑜 |

◎綜合練習六（請自由發揮。）

## 第四單元　文學化妝師

◎活動一

(一) 1. 答：作者說明自己如何下筆為文的步驟。在題目定了之後，透過聯想，無範圍無限制地去想任何與題目有關的材料，等想盡了之後，去蕪存菁，再將可用的材料組合成文。

2.答：擬定題目→自由聯想→選取材料→擬定大綱→寫作。

## ◎綜合練習二

| | 題目 | 涵義 | 寫作重點 | 體裁 |
|---|---|---|---|---|
| 1. | 飲水思源 | 比喻不忘本 | ・詮釋飲水思源的涵義<br>・說明人為什麼應該飲水思源，並舉例 | 論說文 |
| 2. | 自由與紀律 | 自由：依照自己的意志行事，不受外力拘束或限制<br>紀律：綱紀規章 | ・說明「自由」、「紀律」的社會意義及二者關係<br>・舉例證述只有自由而無紀律的後果；或紀律至上、毫無自由的社會狀況 | 論說文 |
| 3. | 一件發人深省的事 | 一件曾經發生過且足以警醒我們深刻反省的事件 | ・這件事的經過<br>・這件事「發人深省」的意義 | 記敘文 |
| 4. | 十字路口 | 馬路上的十字路口<br>人生的十字路口 | ・寫擁擠的人車，紅綠燈的權威性，車禍的發生等具體的層面<br>・人生的十字路口，如升學、就業、交友、婚姻等方面的抉擇 | 記敘兼議論 |
| 5. | 橋 | 有形的橋樑<br>無形的橋樑 | ・有形的獨木橋、水泥橋、鐵橋、陸橋、吊橋、跨海大橋……等表面的描述<br>・如何與人溝通、促進情誼等抽象的「心橋」的談論 | 記敘文<br>論說文<br>抒情文 |
| 6. | 最珍貴的禮物 | 略 | 略 | 略 |
| 7. | 體諒別人的辛勞 | 略 | 略（95年基測作文題目） | 略 |
| 8. | 印象最深刻的一次競賽 | 略 | 略（95年基測作文預試題目） | 略 |

## 綜合練習三

(一)〈句點、嘆號、問號〉

| 文句 | 說明（判斷關鍵） | 序號 |
| --- | --- | --- |
| 生命就像是一篇文章，在文章結尾有些人用的是句點， | 首句承接題目而來，依「句點、嘆號、問號」順序尋找，即可得正確文句排序方式。 | 1 |
| 岳飛、王勃，壯志未酬身先死，所以是驚嘆號； | | 4 |
| 至於不知為何來到這個世界，又懵懵懂懂過了一輩子的人，只好以問號來結束了。 | | 5 |
| 有些人用的是驚嘆號，更有些人以問號來結束。 | | 2 |
| 孔子、孟子是聖人，他們建立了自己的思想體系，所以用的是句點； | | 3 |

〈沉默〉

| 文句 | 說明（判斷關鍵） | 序號 |
| --- | --- | --- |
| 愚者與懦弱者的沉默則是無知與退避。 | 「則」字常用於複句的後句 | 5 |
| 智者與愚者的沉默、 | 句意承接自首句而來 | 2 |
| 但是所有偉大的沉默都應該伴以一個偉大的行動，如果永遠沉默下去， | 「但是……如果……就」形成一組關係句 | 6 |
| 同樣是沉默， | 承接題目破題 | 1 |
| 勇者與弱者的沉默卻不相同。 | 由句末句點及結論，可知是「、」之後的承接 | 3 |
| 就沒有智愚的分別了。 | 承接第6句的小結論 | 7 |
| 勇者與智者的沉默可能是睿智的思索，力量的積蓄； | 前句，勇者智者在前 | 4 |

(二)宋晶宜〈雅量〉

| 段 | 內容 | 段落大意 |
| --- | --- | --- |
| 一 | 朋友買了一件衣料，綠色的底子帶白色方格，當她拿給我們看時，一位對圍棋十分感興趣的同學說：<br>「啊，好像棋盤似的。」<br>「我看倒有點像稿紙。」我說。<br>「真像一塊塊綠豆糕。」一位外號叫「大食客」的同學緊接著說。<br>我們不禁哄堂大笑，同樣的一件衣料，每個人卻有不同的感覺。那位朋友連忙把衣料用紙包好，她覺得衣料就是衣料，不是棋盤，也不是稿紙，更不是綠豆糕。 | 以友人買布的經驗為事例，陳述對同一事物，每個人的看法往往不同。 |
| 二 | 人人的欣賞觀點不盡相同，那是和個人的性格與生活環境有關。 | 說明人們欣賞觀點相異的原因。 |
| 三 | 如果經常逛布店的話，便會發現很少有一匹布沒有人選購過，換句話說，任何質地或花色的衣料，都有人欣賞它。<br>一位鞋店的老闆曾指著櫥窗裡一雙式樣毫不漂亮的鞋子說：「無論怎麼難看的樣子，還是有人喜歡，所以不怕賣不出去。」 | 再舉布料和鞋子為例，強調每個人的喜好不盡相同。 |
| 四 | 就以「人」來說，又何嘗不是如此？也許我們看某人不順眼，但是在其男友或女友心中，往往認為恰如「天仙」或「白馬王子」般地完美無缺。 | 從「物」引申到「人」，情人眼裡出西施，對於美醜，人們的眼光亦不相同。 |
| 五 | 人總會去尋求自己喜歡的事物，每個人的看法或觀點不同，並沒有什麼關係，重要的是——人與人之間，應該有彼此容忍和尊重對方的看法與觀點的雅量。 | 點出主旨，提出雅量的重要。 |
| 六 | 如果他能從這扇門望見日出的美景，你又何必要求他走向那扇窗去聆聽鳥鳴呢？你聽你的鳥鳴，他看他的日出，彼此都會有等量的美的感受。人與人偶有摩擦，往往都是由於缺乏那份雅量的緣故。 | 以看日出和聽鳥鳴為事例，陳述雅量的效用。 |

*文章體裁——論說文。

*文章題材——先以生活故事為例，再藉此闡發事理。

*文章主旨——人應當培養雅量，尊重他人想法，接納不同意見。

韓愈〈馬說〉

| | 內容 | 段落大意 |
|---|---|---|
| 一 | 世有伯樂，然後有千里馬。千里馬常有，而伯樂不常有。故雖有名馬，秖辱於奴隸人之手，駢死與槽櫪之間，不以千里稱也。 | 敘述「世有伯樂，然後有千里馬」，而伯樂不常有，以致千里馬遭埋沒。 |
| 二 | 馬之千里者，一食或盡粟一石。食馬者，不知其能千里而食也。是馬也，雖有千里之能，食不飽，力不足，才美不外見，且欲與常馬等不可得，安求其能千里也。 | 「食馬者」無知，飼養不當，以致千里馬無從顯現能力。 |
| 三 | 策之不以其道，食之不能盡其材，鳴之而不能通其意，執策而臨之曰：「天下無馬。」嗚呼！其真無馬耶？其真不知馬也！ | 嘲諷世人不識良馬，卻慨嘆天下無馬！ |

*文章體裁——論說文。

*文章題材——借馬為喻，申述辨識人才的重要。

*文章主旨——諷喻在上位者不能識別人才，以致人才多遭摧殘埋沒。

洪醒夫〈紙船印象〉

| | 內容 | 段落大意 |
|---|---|---|
| 一 | 每個人的一生都會遭遇許多事，有些是過眼雲煙，倏忽即逝；有些是熱鐵烙膚，記憶長存；有些像是飛鳥掠過天邊，漸去漸遠。而有一些事，卻像夏日的小河、冬天的落葉，像春花，也像秋草，似無所見，又非視而不見——童年的許多細碎事物，大體如此，不去想，什麼都沒有，一旦思想起，便歷歷如繪。 | 以冒題法開啟文章，寫人生中所遭遇的事物，有深有淺，而童年記憶卻是似無實深！ |
| 二 | 紙船是其中之一。我曾經有過許多紙船，在童年的無三尺浪的簷下水道航行，使我幼時的雨天時光，特別顯得亮麗充實，讓人眷戀。 | 承上文，點出題目，「紙船」是童年記憶中最深的眷戀。 |
| 三 | 那時，我們住的是低矮簡陋的農舍，簷下無排水溝，庭院未鋪柏油，一下雨，便泥濘不堪。 | 以細膩筆法勾繪玩紙船的畫面，並 |

| 段落 | 內容 | 段落大意 |
| --- | --- | --- |
| | 屋頂上的雨水滴落下來，卻理直氣壯的在簷下匯成一道水流，水流因雨勢而定，或急或緩，或大或小。我們在水道上放紙船遊戲，花色斑雜者，形態怪異者，氣派儼然者，甫經下水即遭沉沒者，各色各樣的紙船或列隊而出，或千里單騎，或比肩齊步，或互相追逐，或者乾脆是曹操的戰艦——首尾相連。形形色色，蔚為壯觀。我們所得到的，是真正的快樂。 | 說明這是真正的快樂。 |
| 四 | 這些紙船都是有感情的，因為它們大都出自母親的巧思和那雙粗糙不堪、結著厚繭的手。母親摺船給孩子，讓孩子在雨天裡也有笑聲，這種美麗的感情要到年事稍長後才能體會出來。也許那雨一下就是十天半月，農作物都有被淋壞、被淹死的可能，母親心裡正掛記這些事，煩亂憂愁不堪，但她仍然平靜和氣的為孩子摺船，摺成比別的孩子所擁有的還要漂亮的紙船，好讓孩子高興。 | 敘述紙船的珍貴有情，只因為那是母親毫無邊際的愛！ |
| 五 | 童年舊事，歷歷在目，而今早已年過而立，自然不再是涎著臉要求母親摺紙船的年紀。只盼望自己能以母親的心情，為子女摺出一艘艘未必漂亮但卻堅強的、禁得住風雨的船，如此，便不致愧對紙船了。 | 期盼自己成長後，也能承繼母親的愛，為子女摺出堅強的船。 |

＊文章體裁——記敘兼抒情。

＊文章題材——敘述童年玩紙船的記憶，及對母親的感念。

＊文章主旨——從童年瑣事帶出母愛的偉大。

李潼〈瑞穗的靜夜〉

| | 內容 | 段落大意 |
| --- | --- | --- |
| 一 | 那年，經過一場激烈的競爭，我們總算考上這鄉間一所理想的學校。少年單純，還不懂得掩飾喜悅，甚至連驕傲也壓不住。放榜之後，像一隻隻新添華美的羽毛的小公雞，四處呱呱叫，四處去招搖，為了慶祝這場勝利，我們四個好友結伴到瑞穗溫泉露營。 | 以冒題法開頭，描寫年少時因聯考得勝，而到瑞穗露營。 |
| 二 | 那天晚上，真不巧，山腰竟然下起大雨。剛剛燃起的營火被打熄了，營地泥濘，連帳篷也滲水，只好草草收拾，退到松林深處的日式 | 露營過程因雨而破壞，只好入住旅館。 |

| | | |
|---|---|---|
| | 小旅館投宿。 | |
| 三 | 情景是有點狼狽，但興致未減。洗過溫泉，換上乾爽衣服，我們依然說笑打鬧，在木板迴廊上追逐嬉戲，整座小木屋被我們踩得碰碰響。 | 露營不成卻興致未減，在旅館裡嬉鬧不休。 |
| 四 | 就在這時，旅館的老闆出現在門口，制止我們再玩下去。他面容和善，但我們明白，他是當真的。大夥只好很不是滋味地噤聲躡足，各自回房。但是我沒走，猶自留在迴廊發呆，好讓老闆知道我不甘心！ | 老闆出面制止吵鬧，「大夥」興致索然地回房，「我」兀自留滯迴廊。 |
| 五 | 松林裡的雨夜，格外沉靜，溫泉水煙貼伏著坡地，如湖波緩緩湧去，五里外的小鎮燈火，在松針稀疏處閃爍；我不曾見過這般靜美的景象，凝視中，彷彿信手掀開落地帷幕；原以為舞臺上空無一物，誰知布景早已妥當；一時仍不相信，只有失措張望。我想離開，卻又被窸窸窣窣的一些聲音喚住。那些輕細的聲響來自松林的深處與近處，來自溫泉的水煙裡，來自懸空的地板和垂掛雨珠的屋簷。於是，我坐下來，靜靜聽、靜靜看。 | 此時，發現雨夜松林的美妙景象，使得煩悶的心情沉靜下來。 |
| 六 | 在這之前，我從來不知，我是可以不喧嘩的，可以將耳目精敏到這個程度，讓心思澄明得像一面鏡子，清晰反照童年往事，也隱隱顯現未來的路。 | 這一番美的經歷使得自己生命有所轉折。 |
| 七 | 我第一次嘗到沉靜的美味，在這個身心不安的少年時代，此後，我時時品嘗，從中成全了許多事。 | 從此之後，「我」時時品嘗沉靜，並從中多所獲得。 |

* 文章體裁——記敘文。
* 文章題材——描寫年少時到瑞穗遊玩，領受大自然寧靜之美，安定了躁動不安的性情的經過。
* 文章主旨——對「沉靜」之美的體悟。

## ◎綜合練習四（請自由發揮。）

## ◎綜合練習五

(一)答：破題法——劉墉的〈句點、嘆號、問號〉、〈沉默〉屬於破題法。

冒題法——〈雅量〉、〈馬說〉、〈紙船印象〉、〈瑞穗的靜夜〉屬於冒題法。

◎活動六

㈠1.哈利波特的純真勇敢 vs. 佛地魔的詭譎多變。

2.羅柏・藍登教授的博學沉篤與蘇菲・納佛的美豔機敏。

3.咕嚕人（史麥戈）內心正邪的對話 vs. 哈比人（佛羅多）內心怯懦與勇敢的交戰。

4.哈山對友情的執著忠誠 vs. 阿米爾的背叛與怯懦。

5.文中的對智勇者、愚懦者的對比描述。

6.文中對「噪」、「靜」心情的對比描寫。

㈡1.請參照附錄二。

2.請參照附錄三。

◎綜合練習六（請自由發揮。）

## 第五單元　創作達人團

◎綜合練習一

1.答：這首詞表達的是生死不渝的深情，很多故事對愛情的表述都借用了這首詞的意境。

2.答：這闕詞表達的是以身許國的忠愛，讀來令人熱血沸騰，但回顧史實，又不禁令人抑鬱難平，於是「青山有幸埋忠骨，白鐵無辜鑄佞臣」，西湖邊已數度毀壞又翻鑄的秦檜夫婦跪像，是否為文字的威力做了見證？

3.答：人事無常。「人無千日好，花無百日紅」、「鐵打的江山，流水的兵」，朝代更迭自是難免。於是「雕欄玉砌應猶在，只是朱顏改」的惆悵長存。劉禹錫對滄海桑田，除了嘆息，還是嘆息。

4.答：超脫曠達。尋常人不免容易耽溺在人生的悲歡離合，興衰勝敗中；有人卻早就看開了世間紛擾，跳脫了宇宙生命的「常」與「無常」，天地人間的「變」與「不變」，英雄人物的「是非」與「成就」，對人生又有不同的詮釋。

◎綜合練習二

一、答：蘇軾〈前赤壁賦〉——⑴以宇宙時空的無限廣大與悠遠，反襯個人生命的渺小與短暫，淡化生命中的得失，求得身心的安頓，珍惜眼前的美景。⑵「蓋將自其變者而觀之，則天地曾不能以一瞬；自其不變者而觀之，則物與我皆無盡也。而又何羨乎？」

歐陽脩〈醉翁亭記〉——⑴寓小我於大我，能與民同樂的襟懷：歐陽脩以剝殼見筍的方式，先遠後近，自外而內，層層遞進，最後推進到「太守之樂」，是以人民的快樂為快樂，與范仲淹〈岳陽樓記〉先憂後樂的儒家精神有異曲同工之妙。⑵「禽鳥知山林之樂，而不知人之樂；人知從太守遊而樂，而不知太守之樂其樂也。」

二、答：（請自由發揮。）

## 綜合練習三

一、答：陳芳明〈相逢有樂町〉——兩代之間的和解：作者在文中呈現強烈的自省風格，所描述的不但是一般父子之間的矛盾情結，更綜合了時代的悲劇。與朱自清〈背影〉一起觀賞，別有會心之處。

我與父親——略。

二、答：琦君〈髻〉——悲憫寬容的個性：琦君很多作品的內容，都是描寫父親、母親和姨娘之間的感情糾葛。但在父親過世後，兩個女人反而成了患難相依的伴侶。身為女兒的琦君，疼惜母親的落寞，卻奉養了姨娘的餘年，心情轉換之間，並未有太大的衝突，呈現了琦君個性上的溫柔敦厚，正所謂文如其人。

我的看法——（請自由發揮。）

## 綜合練習四

答：鄭愁予〈錯誤〉——浪子的飄泊不羈：浪子的離家飄泊，導致痴情的女子魂牽夢縈。望眼欲穿的等待和現實中過客的飄泊不定，產生尖銳的衝突。而輕輕一句「我不是歸人，是個過客」中，一點遺憾，「只是微微的了」。

席慕蓉〈一棵開花的樹〉——女子的慎重等待：作者以前世約定的緣分，使愛情超越塵俗，給人以純淨的洗禮。也因此，當前世的盼望與今生的期待都落空時，哀傷的強度，便具有摧毀心靈的效果，我們彷彿聽見了碎裂聲。

我的看法——（請自由發揮。）

## 綜合練習五

答：杜甫〈茅屋為秋風所破歌〉——民胞物與的胸襟。杜甫被尊稱為詩聖，不但是因為他寫詩的技巧好，更因為他那種「為天地立心，為生民立命」的自我期許，在詩篇中呈現出來的感人力量。在自己貧無立錐之地的境遇下，心心念念的還是天下人民，對他而言，金錢的價值，只是造福蒼生的工具。

李白〈將進酒〉——及時行樂的瀟灑。李白被尊稱為詩仙，他異於流俗的豁達超脫是主要原因。他像一隻大鵬鳥，摶扶搖直上九萬里，人間的價值觀哪約束得了仙人？但對我們一般凡人而言，這樣的作風會不會帶來無窮的煩惱？

我的看法——（請自由發揮。）

## ◎綜合練習六

答：屈原〈國殤〉——軍神之讚美歌：〈國殤〉是一首哀悼為國犧牲的將士的輓歌，激越雄渾，慷慨悲壯。屈原身為楚國貴族，對國勢的盛衰，國家的興亡有一份休戚與共的責任感。因此對保家衛國的子弟們，致以最高的敬意。

杜甫〈垂老別〉——對戰爭的控訴：〈垂老別〉是杜甫名作「三吏」「三別」中的一首，安史之亂起，杜甫顛沛流離，歷盡艱辛，對現實的認識更加清醒深刻。因此詩中真實地反映了當時人民在戰爭中妻離子散，家破人亡的深重苦難。

我的看法——（請自由發揮。）

## ◎活動七（請自由發揮。）

# 附錄　寫作基本能力練習

## ◎錯別字辨識一

(一) 1.忽　2.背　3.惱　4.厲　5.作　6.諧　7.得　8.志　9.中　10.支　11.應　12.件　13.瑣　14.較　15.楚　16.令　17.竟　18.忽　19.尤　20.畢。

(二) 1.總　2.斯　3.抉　4.拖　5.顧　6.健健　7.竟　8.應　9.原　10.逅　11.已　12.憊、癱　13.得　14.道　15.經　16.揮　17.悴　18.答　19.正　20.朗。

## ◎錯別字辨識二

(一) 1.函　2.容　3.悔　4.其　5.食　6.搖　7.姿　8.震　9.歡　9.叛、逆。

(二) 1.啟　2.僅　3.旦　4.穩　5.倘　6.已　7.和　8.淩　9.到　10.尋尋　11.懇　12.露　13.祕密　14.幕　15.候　16.撼　17.極　18.教　19.格　20.節　21.默默　22.飴　23.窕　24.省　25.撞。

## ◎錯別字辨識三

(一) 1.孿　2.膚　3.付　4.緬　5.彙　6.刻　7.續　8.辛　9.辛　10.紅。

(二) 1.敞 2.湛 3.鼎 4.屹 5.肓 6.投 7.壑 8.菅 9.故 10.益 11.粱 12.軒 13.部 14.荼 15.黜 16.趨 17.燥 18.鶩 19.罄 20.簣 21.咎 22.心 23.亢 24.瞻 25.尤。

## ◎形近字辨識一

(一) 1.覬，ㄐㄧˋ 2.莧，ㄒㄧㄢˋ 3.硯，ㄧㄢˋ 4.覷，ㄑㄩˋ 5.覩，ㄉㄨˇ 6.蜆，ㄒㄧㄢˇ 7.規，ㄍㄨㄟ 8.見，ㄐㄧㄢˋ 9.靚，ㄐㄧㄥˋ。

(二) 1.烙，ㄌㄠˋ 2.咯，ㄎㄚˇ 3.撂，ㄌㄧㄠˋ 4.烙，ㄌㄨㄛˋ 5.略，ㄌㄩㄝˋ 6.酪，ㄌㄨㄛˋ 7.絡，ㄌㄨㄛˋ 8.賂，ㄌㄨˋ 9.貉，ㄏㄜˊ 10.各，ㄍㄜˋ 11.恪，ㄎㄜˋ 12.洛，ㄌㄨㄛˋ。

(三) 1.揣，ㄔㄨㄞˇ 2.遄，ㄔㄨㄢˊ 3.耑，ㄓㄨㄢ 4.惴，ㄓㄨㄟˋ 5.喘，ㄔㄨㄢˇ 6.端，ㄉㄨㄢ 7.踹，ㄔㄨㄞˋ 8.湍，ㄊㄨㄢ。

(四) 1.誹，ㄈㄟˇ 2.扉，ㄈㄟ 3.俳，ㄆㄞˊ 4.啡，ㄈㄟ 5.翡，ㄈㄟˇ 6.裴，ㄆㄟˊ 7.非，ㄈㄟ 8.蜚，ㄈㄟ 9.菲，ㄈㄟˇ 10.緋，ㄈㄟ 11.腓，ㄈㄟˊ 12.斐，ㄈㄟˇ 13.霏霏，ㄈㄟ ㄈㄟ。

(五) 1.靖，ㄐㄧㄥˋ 2.蜻，ㄑㄧㄥ 3.菁，ㄐㄧㄥ 4.清，ㄑㄧㄥ 5.請，ㄑㄧㄥˇ 6.靛，ㄉㄧㄢˋ 7.睛，ㄐㄧㄥ 8.青，ㄑㄧㄥ 9.倩，ㄑㄧㄢˋ。

## ◎形近字辨識二

(一) 1.站，ㄓㄢˋ 2.占，ㄓㄢ 3.沾，ㄓㄢ 4.砧，ㄓㄣ 5.玷，ㄉㄧㄢˋ 6.帖，ㄊㄧㄝˇ 7.貼，ㄊㄧㄝ 8.占/佔，ㄓㄢˋ 9.霑，ㄓㄢ 10.拈，ㄋㄧㄢ。

(二) 1.渴，ㄎㄜˇ 2.謁，ㄧㄝˋ 3.偈，ㄐㄧˋ 4.羯，ㄐㄧㄝˊ 5.揭，ㄐㄧㄝ 6.碣，ㄐㄧㄝˊ 7.歇，ㄒㄧㄝ 8.曷，ㄏㄜˊ 9.褐，ㄏㄜˊ 10.竭，ㄐㄧㄝˊ。

(三) 1.殂，ㄘㄨˊ 2.詛，ㄗㄨˇ 3.疽，ㄐㄩ 4.狙，ㄐㄩ 5.沮，ㄐㄩˇ 6.俎，ㄗㄨˇ 7.雎，ㄐㄩ 8.咀，ㄐㄩˇ 9.蛆，ㄑㄩ 10.且，ㄑㄧㄝˇ。

(四) 1.滄，ㄘㄤ 2.倉，ㄘㄤ 3.艙，ㄘㄤ 4.愴，ㄔㄨㄤˋ 5.蹌，ㄑㄧㄤˋ 6.嗆，ㄑㄧㄤ 7.瘡，ㄔㄨㄤ 8.蒼蒼，ㄘㄤ ㄘㄤ。

(五) 1.戮，ㄌㄨˋ 2.謬，ㄇㄧㄡˋ 3.蓼，ㄌㄧㄠˇ 4.膠，ㄐㄧㄠ 5.廖，ㄌㄧㄠˋ 6.繆，ㄇㄡˊ 7.勠，ㄌㄨˋ 8.寥寥，ㄌㄧㄠˊ ㄌㄧㄠˊ。

## ◎文句邏輯練習一

1. 缺失：夾雜閩南語句法。
   更正：你曾經對某事某物痴迷過嗎？
2. 缺失：文句欠通順。
   更正：雖然曾經為了漫畫而耗費許多金錢、損失許多時光，但我也在漫畫裡度過許多快樂時光。

3. 缺失：文句多冗言贅語欠通順！
更正：小時候，我曾經迷戀電視，但在某個早晨，偶然看到籃球場上的龍爭虎鬥之後，我開始成為一個籃球迷。
4. 缺失：語意表達不清楚。
更正：我的課業因此一落千丈，也屢屢遭受家人的嚴厲責備。我的心情沮喪不已，卻仍繼續沉迷籃球，渾然不知籃球便是擾亂我生活的元凶。
5. 缺失：文句冗贅欠精煉。
更正：有一次，父母出遠門，我趁此機會猛打電腦，打了一整天，卻不覺得累。當人們在從事自己感興趣的事時，恐怕連地震來了，也無所覺吧。
6. 缺失：文句不合邏輯，表意不恰當。（電腦有腿嗎？會跟著你上學放學嗎？）
更正：有電腦的地方，都可以看到我痴迷的身影。
7. 缺失：表達句意欠精準（電視不可能把人吸進去）。
更正：電視，是神奇的東西，總是讓人沉迷其中。
8. 缺失：文句過於口語，以致表意不精準。（飲料、零食，配著吃？配著什麼吃？）
更正：一到假日，我就守在電視前，飲料零食，隨著節目進行也進入我嘴裡，導致我的身材越來越胖，更嚴重的是……。

## ◎文句邏輯練習二

1. 缺失：表達文意欠精準（趣味、知識是電視節目的性質而不是節目內容）。
更正：我是電視迷，各式各樣的電視節目都對我具有莫大的吸引力。我在看電視的過程中，不僅放鬆了心情，也增加了各方面的知識。
2. 缺失：邏輯不通（小段落中的兩組文句，句意無法銜接）。
更正：當我心情好時，玩起電動遊戲，戰績就會比較好；心情不好則反之。而現在我被父母勒令禁玩電玩，就只好利用清晨起床時偷偷玩，要不然便是壯著膽子向爸媽提出要求囉。
3. 缺失：文句不通順。
更正：我最喜歡軍機，凡是跟軍機有關的書籍，不論中、英文我都會翻閱，二次世界大戰至今的相關軍機資訊，甚至連火箭、太空梭等機種……我大抵都能如數家珍。

4. 缺失：前後句意不承接。
更正：每個人所喜歡的東西都不相同，我們不可以因為他人的喜好和自己不同而對他人妄加批評，相互尊重才是社會和諧的基礎。現在我們就來談談彼此的嗜好吧，你喜歡什麼東西呢？

5. 缺失：文句不通順，有錯別字。
更正：我喜歡玩電玩，一旦迷上了某一種遊戲，便會沉溺其中，持續不斷地玩，玩到厭膩才會停止。

6. 缺失：文句太過口語，欠通順精煉。
更正：我不會像那些人一樣，沉溺遊戲中，無法自拔。

7. 缺失：文句不通順。
更正：我常常在玩「投捕」接球遊戲時，被球打得鼻青臉腫；但我依然樂在其中，百玩不厭。

8. 缺失：文句不通順。
更正：每個人都有看書的經驗，我也不例外。

9. 缺失：表意不精準。
更正：很多人讀書只是浮光掠影，並未深入汲取書中知識，更遑論應用到生活上，將知識轉為智慧。

10. 缺失：文句不通順，表意不精準。
更正：因為我整天沉迷電腦，爸爸便把我的電腦收起來，規定我一個月不准碰電腦，這段沒電腦可玩的日子，讓我簡直生不如死。唉，倒不如讓我去跳樓算了！

## ◎文句邏輯練習三

1. 缺失：表意不清楚、邏輯不通順、有錯別字（「網開一面」用在此處，不知所云）。
更正：這位小女孩原本只剩下一年的生命，卻由於兩位死神對她網開一面，並且幫助她完成夢想，從此，她的命運完全改變了。

2. 缺失：文句不通順，人稱詞使用不恰當。
更正：我是個如痴如狂的羽球迷，羽毛球是我生命中最珍貴的事物。

3. 缺失：表意不清楚，對話中的人稱詞使用錯誤。
更正：當我正朝著羽球明星路發展時，我爸爸卻說：「兒子呀！我不准你將來朝運動方面發展，因為這條路不好走，而且運動生涯很短暫。」

4. 缺失：「名不虛傳」一語使用不當，文句不甚通順。
更正：我是個不折不扣的電視兒童。現在的電視媒體發達，卡通、戲劇、新聞……等各類節目應有盡有，往往看得我目不暇給。其中，訪談性節目和現場轉播的節目是最近十分當道的節目類型，也是我最喜歡的節目！

5. 缺失：文句不通順。
更正：我能夠愈來愈成熟懂事，這都是父母親教誨的功勞；雖然我現在還小，無法報答雙親，但是等我長大之後，我一定不會辜負父母親對我的教誨與期望的。

6. 缺失：不知所云。
更正：若能彼此體諒，我們的相處會是美麗的緣分。

7. 缺失：文句邏輯不通。
更正：雖然有時候父母會對我們發脾氣，這是父母對子女愛深責切的期盼，我們應該體諒父母的心情。

8. 缺失：句意前後矛盾。
更正：雖然善待別人是每個人的義務，但從另一個角度來看，這世上並沒有誰是理所當然應該要對我們好的。

9. 缺失：文句冗贅不通順。
更正：當他人為我們服務時，我們應該體諒他們的辛勞，感謝他們的用心；並且效法他們，將這分愛心與熱忱，散播到全世界。

10. 缺失：引用失當，詞彙使用錯誤。
更正：「我為人人，人人為我」希望人人都能記住這句話的精神，時時幫助別人，發揮自己的良知，做個好人，千萬不要做個十惡不赦的壞人。